中公文庫

中央公論新社

目次

主要登場人物関係系図

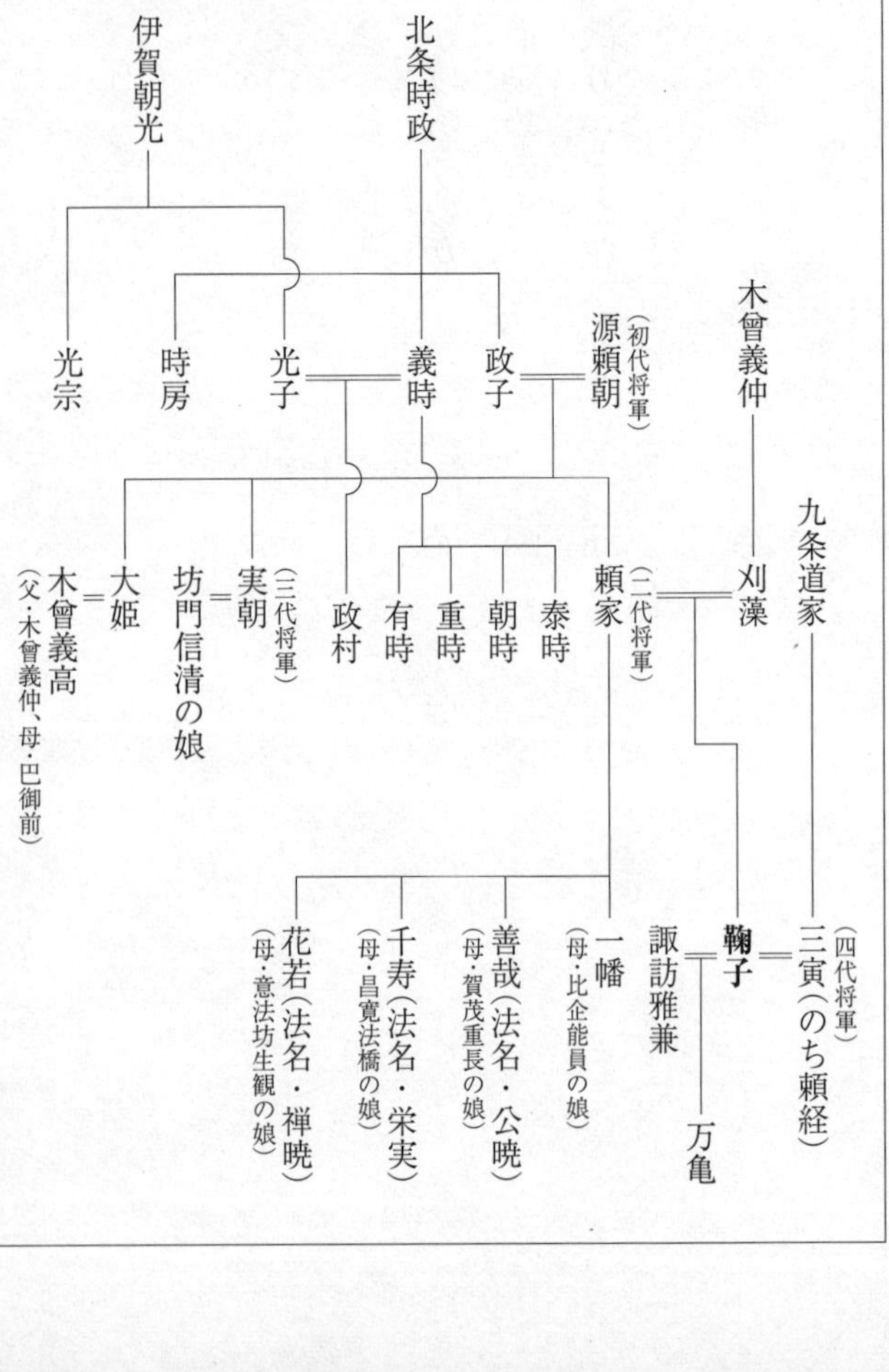

九条道家
三寅（のち頼経）
（四代将軍）
木曾義仲
刈藻
鞠子
諏訪雅兼
万亀
源頼朝
（初代将軍）
頼家
（二代将軍）
一幡
（母・比企能員の娘）
善哉（法名・公暁）
（母・賀茂重長の娘）
千寿（法名・栄実）
（母・昌寛法橋の娘）
花若（法名・禅暁）
（母・意法坊生観の娘）
北条時政
政子
義時
泰時
朝時
重時
有時
政村
伊賀朝光
光子
時房
光宗
実朝
（三代将軍）
坊門信清の娘
大姫
木曾義高
（父・木曾義仲、母・巴御前）

竹ノ御所鞠子

父のない子ら

一

娘の鞠子《まりこ》を送り出したあと、刈藻《かるも》はしばらくのあいだ西面《にしおもて》の妻戸のきわに佇《たたず》んで、暮れなずむ空を見あげていた。

朝からの烈風はいくらか凪《な》いだが、雲の動きはまだ迅《はや》く、茜《あかね》の拡がりも荒々しい。屋敷を囲む竹の林はざわざわと落ちつきなく葉末をそよがせ、その音を縫うように幽《かす》かな虫のすだきが聞こえる。さかりのころに較べると、しかし秋闌《た》けた今、虫たちの声は宵々ごとにかぼそくなり増さって、刈藻の胸を緊《し》めつけた。

夫に先立たれて以来、彼女の気持は一日として晴れるときがなかった。

(でも、足かけではあれから八年。――鞠子も事なく生《お》い立ってくれているし……)

いくらかは、近ごろ心にゆとりが生《しょう》じて、夕ぐれどきになると決まって襲われた病的な鬱情《うつじょう》にも、耐える力が出てきた気がする。

見るまに色褪《あ》せて、黝《くろず》んだ夜天《やてん》に変りながら、そのくせ古綿《ふるわた》を打ち重ねたような雲の裂け目から一カ所だけ、いつまでも深紅《しんく》の燃えを覗《のぞ》かせている空のぶきみさ……。少し前までは、そんな夕焼けのひと刷毛《はけ》にすら血の色を連想して、いくじなく室内へ逃げこんでしまったのに、もう現在の刈藻はたじろがなかった。勾欄《こうらん》に倚《よ》ったまま、

(そろそろ、兄弟《はらから》の待つ宴《うたげ》の席へつくころか。それともまだ、八幡宮の鳥居あたりか)

娘を乗せた輿《こし》を追って、思いは共に道を辿《たど》っていた。

――どこかでこの時、人の叫び声がした。女の泣き喋《しゃべ》りも混じって聞こえる。

我に返って、刈藻は息を詰め、耳を澄ませた。異常事態への反応のすばやさは、悲しい習性となって身についてしまっている。

だが人声は、それだけで跡絶《とだ》えた。不安になり、召使を呼ぼうとしかけて渡廊《わたろう》へ目をやると、紙燭《しそく》の小さな火が揺れながらこちらへ近づいてくるところだった。

「まあまあ、お方《かた》さま、まだ落ち縁になど出ておられたのでございますか」

大仰な声を先立てて、その灯《ひ》の輪の中へ浮かび上ったのは、小宰相《こざいしょう》の名で呼ばれて

いる中年の女房の、肉づきのよい丸顔である。

「お風邪を召すといけません。さあ、お部屋へおはいりあそばせ」

言われるまま居間の茵《しとね》へもどりながら、

「つい今しがた、門の方角でさわがしい声がしたようだけど、なにごとですか？」

刈藻はたずねた。

「旅の小尼《こあま》でござりますよ。行き倒れかけて、ふらふらご邸内に迷い込んで来たのを下《げ》人《にん》どもが咎《とが》めましてね、追い立てにかかったのですが、泣き悶《もだ》えて動こうといたしません。腹をすかせていたのでございます」

言うまにも手ばしこく、小宰相は紙燭の火を短檠《たんけい》に移す。

「かわいそうに……」

刈藻は眉をひそめた。

「それでなくてさえ奉施《ほうせ》をして当然な、みほとけのお弟子……。追い払うなど罪つくりではありませんか」

「はい。居合せた老女がたが下人どもを押しとどめ、粥《かゆ》を振舞ってやりましたところ、ほほほほ、お方さま、餓えた狼の血相でガツガツ掻きこみ、なんと、大ぶりな欠け椀を五度も突き出して、ずうずうしくお代りいたしましたよ」

「それはよかった」

小宰相の言い回しのおもしろさに、刈藻もつい、笑ってしまった。

「よほど空腹だったのね」

「まる三日、飲まず食わずで、さまよい歩いていたとやら……」

「どこへ行くつもりで旅をしていたのでしょう」

「ご当地鎌倉の長禅寺を目ざして、はるばる下野《しもつけ》の池辺《いけのえ》とやらからまいったそうですが、なにぶんにも疲れ切っている様子なので詳しいことはたずねずに、ひとまず雑仕《ぞうし》溜まりの隅でひと眠りさせております」

「年のころは？」

「十三か、四でしょうか。垢まみれの上に日灼《ひや》けして、とんと金仏《かなぶつ》の面相ですけど、言葉つきのはきはきした悧口そうな子柄《こがら》でございますよ」

「二、三日ゆっくり休息させて、元気になったら出しておやり。米だの下着だの、当座入用なものも持たせてやるとよいよ」

「そういたしましょう」

給仕の女童《めのわらわ》が夕餉《ゆうげ》を運んで来たのをしおに、小宰相は入れ代って立って行き、尼にかかわる話題はしぜん、刈藻の関心から遠ざかった。

箸を取って食事をはじめると、やはり思いのすべてが鞠子の面《おも》ざしだけで占められてくる。娘と一緒でなければ食膳に向かったことはなかった。親ひとり子ひとり……。日常なにをするにも鞠子がかたわらにいて、母の歎きを案じ、幼《おさな》ごころにも精いっぱいその孤寥《こりょう》を慰めてくれたからこそ、辛《つら》い歳月をかろうじて生きぬいて来られたのである。

(宴席にも、いまごろは馳走が並べられたにちがいない。兄君や弟たちと、鞠子はどのような会話を交していることか……)

あれこれ思いやると、箸の動きがうっかり宙に止まって、菜《さい》の味つけさえわからなくなる。娘のいない夕餉はあじけなく、わびしい。早々に刈藻は切りあげて仏間へ入った。女童が心得て、塗りの半挿《はんぞう》や水瓶《すいびょう》など手水《ちょうず》道具を簀《す》ノ子《こ》に並べ、口を漱《すす》ぎ手を清める刈藻の、介添えをつとめる。朝夕の看経《かんきん》は、病床にでも臥《ふ》さぬかぎり欠かしたためしがなかった。

中央に、おん丈《たけ》尺にたらぬ聖《しょう》観音像を安置し、お像の左右に右幕下《うばくか》頼朝をはじめ有《う》縁《えん》のひとびと幾人もの位牌を配したこの仏間に坐ると、屋敷のどこにいるときよりも刈藻は安まり、気が落ちつく。

低く普門品《ふもんぼん》の第二十五を誦《ず》し終ったあと、

「お聞きください、背の君」

前将軍頼家《よりいえ》の位牌に向かって、彼女は語りかけた。

「あなたさまがお亡くなりあそばしたあくる年、おん祖母尼御台所《あまみだいどころ》のおん計《はか》らいにて、鶴ケ岡八幡宮の別当坊に入室なされたご次男の善哉《ぜんや》さまが、今日、剃髪得度《ていはつとくど》をとげ、稚児《ちご》姿から僧形に変って、『公暁《くぎょう》』の法名を授けられることとなりました」

そうか、ついに善哉は僧籍に追いやられたか……。生前そのままな鋭い、癇癖《かんぺき》の強そうな頼家の声を、刈藻は現《うつつ》に聞いた気がして、

「お髪《ぐし》に剃刀《かみそり》を当てまいらせたは、別当職の定暁阿闍梨《じょうぎょうあじゃり》――。四、五日うちに受戒のため京へのぼり、園城寺《おんじょうじ》明王院の公胤《こういん》僧正のみ弟子となって、勉学修行に打ちこまれるとかうけたまわりました」

と、彼女もまた、生ある人に告げる語調で言葉をつづけた。

「今宵《こよい》はその別宴が催され、それぞれに腹こそ違え、父を同じくする兄弟四人が八幡宮の別当坊に参り集《つど》うておりまする」

善哉に千寿《せんじゅ》、鞠子と花若だな？

「はい。父なる大樹《たいじゅ》を失いながらも、揃ってすこやかな童《わらべ》に育ち、善哉さま――いえ、公暁どのは今年十二歳、千寿丸君《ぎみ》が十一歳、鞠子は十歳、末の花若さまも九ツにおなりあそばしました」

聞くにつけても胆《きも》が焦《い》れる。鞠子はともあれ、他の三人は源家《げんけ》の嫡統《ちゃくとう》……。三代将軍実朝《さねとも》に、いまだに子が生まれぬなら、なぜ善哉をその跡継ぎと定めぬのか？　公暁だと？　ばかなッ、法号など耳にしたくもないわ……。

「もっともなお腹立ちとぞんじます。いずれ今回の措置も、尼御台の方寸から出たことでございましょうが、わたくしにすら納得《なっとく》いきかねるご処遇に思われてなりません」

現実に、夫の声が耳に届くわけではない。刈藻自身の心象から発する疑問の反映が、冥府《めいふ》からの怒りとなって聞きなされるのであろうけれど、当の公暁は、ましてどれほど口惜《くや》しがっているか。その内奥《ないおう》を思いやると、刈藻はせっかくの平安が乱されそうになる。

（いけない。こんなことでは……）

気を鎮《しず》めるつもりで打ち鉦《がね》を鳴らし、亡夫の修羅《しゅら》までを煽《あお》った罪を、

（許させ給え）

併せて観世音に懺悔《ざんげ》しかけたところへ、

「姫ぎみさま、ご帰館にござります」

小宰相があわただしく知らせて来た。

「おお、もどりましたか。思いのほか、早かったこと！」

立って中門廊《ちゅうもんろう》の駒寄せ近くまで出てみると、茂り合う竹と竹のすきまから松明《たいまつ》の輝きがチラチラ洩れ、二人舁《が》きの小ぎれいな女輿《ごし》が、上土門《あげつちもん》の内側へ廻り込んで来かけたところであった。

「お方さま、ただいま帰りました」

走り寄って地に片膝《かたひざ》突いたのは、護衛のために付けてやった諏訪《すわ》六郎雅兼《まさかね》という若侍である。

「ごくろうでした。輿は母屋《おもや》の放出《はなちいで》に舁き据えさせるがよい」

指図しかけて刈藻はふと、ためらった。見馴れぬ巨漢が、輿舁きを入れてすら四、五名にすぎない短い行列のうしろについて、のっそり門内へ踏み込んで来たからであった。

二

男は僧侶だった。墨染《すみぞ》めの法衣の下に紺糸威《おどし》の腹巻をつけ、頭と顔面を袈裟《けさ》で裹頭《かとう》包みにして、大目玉だけを覗かせている。杖がわりに薙刀《なぎなた》を摑んだところなど、どこから眺めても荒法師の典型である。

それでも刈藻をみとめると、あわてたように頭の袈裟を引きむしり、法衣のふところ

へぎゅうぎゅう押し込んで、

「ご母公におわすか。お初にお目にかかります。拙僧は八幡宮の社僧忍寂《にんじゃく》と申す者。愛らしい姫さまの警護にしてはいささか人数が手薄ゆえ、万一をおもんぱかり、お供してまいりました」

野太い声で名と、同道の理由を述べた。

「それはそれは、ご親切かたじけのうぞんじます。お疲れ休めに一献、召しあがっていかれませぬか」

女世帯だし、ほんの愛想のつもりで言ったのに、忍寂は真《ま》に受けたらしく、

「しからば仰せに甘えさせていただきます」

輿からおりた鞠子の背について、母屋の客殿へ無遠慮にあがりこんできた。

小宰相ら多くもない女房たちが、不意の来客にとまどいながらも灯台《とうだい》や酒肴を運び入れて、もてなしにかかる。

「おかまいめさるな」

と言いながらも酒好きなのか、さっそく大盃で二つ三つ、忍寂は立てつづけに呷《あお》り、

さすがに太息《ふといき》をついて、

「おとなしやかな姫さまじゃ。ご縹緻《きりょう》好しは、ご母公ゆずりでござりますな」

柄《がら》にもない世辞を口にした。

明りの下でよく見れば、いかついなりにととのった、思慮深い目鼻だちをしている。強訴《ごうそ》の先頭に立つ法師武者というより、むしろ学侶《がくりょ》に近い四十がらみの僧なのである。

「鞠子姫は口かず少く、万事に控え目な、ゆかしいお子じゃが、いやはや公暁どのの気性の激しさ……。髪を剃りこぼちた当夜のせいでもござろう。えらく気を昂《たかぶ》らせてなあ。弟御《ご》妹御を相手に『よいか千寿、花若、女ながら鞠子も聞け。おれたちは敵中にいるも同然な身の上なのだぞ』と、くり返しくり返し、念押しなされますのじゃ」

そう忍寂は打ちあける。

「今夜のご別宴に、あなたさまは陪席あそばしたのですか?」

との、刈藻の問いかけにも、

「さよう。前将軍の四人の忘れ形見のほか、公暁どのの乳夫《めのと》三浦義村《みうらよしむら》、千寿丸どのの同じく乳夫泉親衡《ちかひら》らが顔をそろえておられましたよ」

忍寂はうなずく。彼は別当定暁に命ぜられ、一座の取りもち役として宴につらなっていたのだそうで、

「千寿どの花若ぎみ、鞠子姫さまのお手を一人一人かたく握りしめ、『われらはそれぞれ母こそ違うが、頼家卿を父としてこの世に生まれ出た兄弟だ。仲よくしよう。そして

亡き父上のご無念を忘れずにいような。たとえ別れ別れに育っても……』とも、公暁どのは仰せられました。なあ姫さま」

鞠子にほほえみかける。羞《はにか》みを浮かべて、こっくり頷《うなず》く仕草が年齢より幼く、いかにも愛らしげだ。

春霞《がすみ》を透《す》かして遠山の桜を眺めるような、柔らかな印象を纏《まと》った少女で、伸ばしかけた髪を背の中ほどで切り揃え、両手を膝に、行儀よく坐った小づくりな全姿は、撫子《なでしこ》の小袿《こうちぎ》に埋まってしまいそうだった。

頼家と永別したとき、鞠子は数え年やっと三歳――。そばにいたわけではないから、悲惨をきわめたその最期のありさまを目にしてはいない。しかし母の刈藻に、

「父さまはご行状のいちいちを北条氏や尼御台所にあげつらわれ、二代将軍の地位を逐《お》われたばかりか、伊豆の修禅寺に押しこめられて、身に寸鉄もおびぬ湯屋《ゆや》の内で騙し討ちに遭《あ》われたのです」

涙ながら聞かされて以後は、手ずから仏前の供華《くげ》を替え、むずかしい経文も進んで読み習って、母の看経に声を合せるようになった。

父の死の前年、比企《ひき》氏の腹に生まれた長兄の一幡《いちまん》も、わずか六歳のいたいけな命を、火焰のうちに失ったと鞠子は聞かされている。

「一幡さまの母者は若狭局《わかさのつぼね》と呼ばれた佳人で、比企能員《よしかず》どのの息女でした。一幡さまは将軍家のご嫡男として、おん父頼家卿から家督までゆずられながら、体内に流れる母方の血を忌《い》まれ、比企氏の滅亡に巻きこまれて、これまた、むざんな最期をとげたのです。一幡さまが成人し、三代将軍の座につけば、権威は外祖の比企氏に移る。北条一族や尼御台所はそれを恐れて、比企氏を挑発し、若狭局はもとより、局の生みの子の一幡さままでを殺し尽しました。そして、その暴挙を怒る頼家卿を、亡きものにしてのけたわけでしょうね」

と語った刈藻の言葉も、耳に彫《え》りつけて鞠子は忘れない。だから今宵、別宴の席で、次兄の公暁に固く手を握りしめられ、

「北条氏はおれたちにとって、父と一幡兄《あに》の仇敵《かたき》だ。この事実を忘れるな」

火を噴《ふ》くような語気で言い聞かされたときも、鞠子は懸命に怯《おび》えをこらえながら、

「はい」

深く、幾度もうなずいたのだ。

宴《うたげ》といい馳走といっても、主客とも子供ばかりの集まりだし、席は僧坊の一劃である。出されたのは精進の料理……。あとはくだものと打ち菓子で、酒などほんの形ばかり付いたにすぎない。

「その酒をな、公暁どのは飲めもせぬのにむりやり咽喉《のど》へ流しこみ、顔色は青うなる、両眼は血走る……。あげく『父や兄だけではないぞ』とな、脅《おど》しあげでもするような口ぶりで、ご舎弟がたの面上を睨み回されますのじゃ」

とも苦笑まじりに、忍寂は語りついだ。

「母君もごぞんじの通り右幕下頼朝公は、相模《さがみ》川の橋供養におもむかれ、帰路、落馬がもとで人事不省に陥り、ついに正気づかぬまま惜しくも他界あそばしました」

「ええ、わたくしが頼家卿の側女《そばめ》に召され、鞠子をみごもる少し前でございました」

「公暁どのは事あたらしく、右幕下の一件まで持ち出されてな、『これとて疑えば、大いに疑える死ざまではないか。なあ、どう思うお前ら』と、弟さまがたを問いつめます。乳夫《めのと》の三浦義村どのが、あまりと申せば不敵にすぎる口走りに辟易《へきえき》してか、『もはや何ごとも昔語り……。蒸し返しても詮《せん》ない話じゃ』と、養君《やしないぎみ》の激語を封じにかかりました」

ご胸中はお察しするが、臆測で人をあげつらうは早計と申すもの、「壁に耳あり」との戒《いまし》めもござる、おやめなされと制止したのに、

「かまわん、ここにいる人々はみな、信の置ける同志ばかりだ」

にべもなく公暁ははねつけ、十二歳とはとても思えぬ矯激《きょうげき》な光を眼に点じて、うそ

ぶくように言い放ったという。

「稲村ケ崎の突端を曲るとき、崖ぞいの細道で頼朝公は、海上に浮かんだ平家一門の怨霊を目撃……。驚いて落馬されたと伝えられているが、折りふし前後には、北条時政・義時父子と、稲毛入道しか供奉《ぐぶ》しておらず、後陣は曲り角の手前にいてこの椿事《ちんじ》をだれ一人、目にしなかったそうな。しかもまもなく、稲毛入道さえが畠山一族を讒死《ざんし》せしめた科《とが》で北条氏のために亡ぼされてしまっている。何ともじつに、面妖《めんよう》な話ではないか。つまり右幕下の落馬は、北条時政らの手で企まれた謀殺事件なのだ。われわれは父や兄だけではなく、祖父までを北条氏の毒牙に奪われたと考えてよい。千寿丸、鞠子も花若も、事の真相を胆に銘じておぼえておけ」

打ち菓子にもくだものにも手をつけるどころではない。末弟の花若など、いまにも泣き出しそうな表情だし、千寿丸と鞠子は首筋をこわめて、石さながら黙りこんでしまっている。料理の皿は冷え、せっかくの別宴もしらけ切ってしまった。

「引きあげどきと踏んだのでしょうなあ、泉ノ冠者親衡が、花若ぎみを抱きかかえるようにしてまず、まっ先に席を立ち、それをしおに千寿丸どのと鞠子姫も退出めさった——と、まあ、かくの如き仕儀でござるよ」

語り終えて、手の盃を忍寂は伏せた。

「さようでございましたか。どうりで思いのほか鞠子の帰邸が早かったはず……。日蔭《ひかげ》ぐらしの遺児たちが、まれに集《つど》うた宴《うたげ》でしたのに、楽しいまどいを持てなかったのは心のこりでございます」

　刈藻の歎息に、

「公暁どのの憤慨も、もっともせんばんではござるのじゃ」

　一応の理解を示しながら、

「さて、今宵、だれに頼まれたわけでもないに、こうして愚僧、のこのこと当お館《やかた》へ参上したのは余の儀ではござらん。ご母公のお耳へ入れたいことがありましてな」

　こころもち忍寂は、声をひそめた。

「わたくしに？」

「うむ、ぜひとも、ご母公に……」

「なにごとでござりましょう」

「弱年よりわしは観相の術を学びました。相に現れた人それぞれの運勢を、あらかじめ看取する業《わざ》じゃが、千人見れば内の九百九十九人まで当ります。慢じて申すでは断じてござらぬ」

　と、さらに忍寂は、ささやくほどにも声を低めた。

「じつは別宴に臨まれた頼家卿の遺児の中で、ただ一人鞠子姫にのみ、ほのかな寿相《じゅそう》が見えますのじゃ」

「寿相とは？」

「先ゆきは判らぬ。しかし三十歳前後までは、とにもかくにもお命安泰の兆《きざし》でござる」

「では……では……」

刈藻の胸は冷えた。舌をもつれさせながら彼女は訊《き》いた。

「他の三人のお子たちは……」

「ここだけの話なれど、いずれも二十《はたち》前にて消えるご寿命――。女子《おなご》ゆえでござろうが、鞠子姫のみはつつがなく成人あそばす御運と見えた。……ご母公」

「はい」

「男児がことごとく早逝なさるとなれば、鞠子姫こそ亡き右幕下頼朝公の血脈を引くただ一人の嫡統《ちゃくとう》じゃ。くれぐれも心して、大切にお育てめされよ」

応とも否とも、とっさには返事ができなかった。我が子にだけ約束された幸せを、兄弟《きょうだい》三人の凶運と引きくらべて喜ぶべきか、悲しむべきか、思い惑《まど》っているまに、

「さて、おいとまつかまつろう」

忍寂は座を立って、来たとき同様、松明《たいまつ》を打ち振り打ち振り、竹やぶの細道を去って

しまった。

三

当の鞠子はもとより、酌取りに侍《はべ》っていた女房小宰相、落ち縁の端にかがまってあたりを警戒していた近習の諏訪六郎にも、

「忍寂どのとやらの予言、かならず他言《たごん》は無用ですよ」

きびしく刈藻は口止めした。

「仰せまでもなくあんな売僧《まいす》のたわごと、人に申しはいたしません」

小宰相は不満顔をかくさない。

「だって、そうでございましょ、お方さま。男のお子がたはご短命、当家の姫さまお一人に寿相が見えるといえばめでたいように聞こえますけど、そのご寿相にしてからが、『とりあえず三十歳までご安泰』とは、失礼な言い草ではございませんか。三十どころか鞠子姫さまには、九十、百はおろか鶴亀千年のご長命をお授けくださるよう神仏に祈念しているわたくしどもでございます。振舞い酒の返礼に世辞を並べるなら、まちっとましなことを言えばよいものを……。稀代の相人《そうにん》ででもあるかのように吹聴《ふいちょう》するのか

らして、ろくな坊主ではござりますまいよ」

と、あとでの評価はさんざんなのである。

じじつ、それから二、三日のちに公暁が新造の塗り輿に乗り、鞍置きみごとな駿馬まで曳かせて、前将軍の忘れ形見、現将軍の甥《おい》にふさわしい威容を輝かせながら、行粧《こうそう》美々しく鎌倉を出立《しゅったつ》して行ったと下人どもの噂に聞けば、予言のぶきみさは急速に薄れて、刈藻でさえあの晩のことが夢としか思えなくなってくる。

比企《ひき》ケ谷《やつ》の奥に建つ古屋敷には、客の訪れさえめったにない。鬱蒼《うっそう》とおい茂った竹林に日ざしを遮《さえぎ》られ、部屋によっては昼間から灯《ひ》をともす薄暗さだが、むしろそれを、世に忘れられた母と子がひっそり寄り添って棲《す》む家にふさわしい環境と観じて、刈藻は竹の伐採を禁じている。

おかげでいよいよ竹は繁茂し、幾つもない棟々に覆いかぶさってその所在を隠したから、周辺の里人はいつとはなくここを竹ノ御館《みたち》、竹ノ御所《ごしょ》と呼びはじめたようだ。

そんな俗離れした明けくれでも、上下合せれば二十人ほど奉公人のいる邸内である。静かは静かなりに、くらしをゆさぶる小さな波立ちは起こった。

さし当っては鞠子が別当坊へ出かけた夜、門内に倒れこんできた小尼《こあま》の扱いをどうするか？

「食べものを与え、ぐっすり眠らせましたら、若さのありがたさでございますね。たちまち元気になりました。ぜひともお方さまにお礼を言上したいと申しておりますので、庭へ廻らせますが……よろしゅうございましょうか？」

と小宰相に言われるまで、うっかりその存在を失念していた刈藻は、

「まだ、いたのですか」

順調な恢復ぶりにほっとして、目通りを許した。

つれて来られ、廂《ひさし》ノ間《ま》の勾欄下《した》にうずくまった姿は、「垢にまみれ日にも灼《や》けて金仏《かなぶつ》さながら」と小宰相に聞かされていた当夜とは、だいぶ違う。

なるほど肌は小麦色だが、すらりと小気味よく四肢が伸びて、この年ごろの精気をたくましく発散させている。湯浴《ゆあ》みをさせてもらい、だれのものか麻地の小袖まで借り着して、ひどくさっぱりとした少年じみた印象なのだ。頭を剃りこぼちているせいかもしれないが、

「名は？」

刈藻の問いにも、

「浄妙《じょうみょう》と申します。年は十四になりました」

はきはき答えて、臆する色がない。

「長禅寺を目ざしてはるばる下野《しもつけ》の国から当地へ旅してまいったとやら……」

「わたくしは下野池辺《いけのえ》の、蓮華院という小庵で育ちました。花の名はついているけれどみすぼらしい破《や》れ堂で、庵主《あんじゅ》は七十に余る老尼さま……。そのお堂の階《きざはし》に、わたくしは置きざりされていた捨て子だったのでございます」

思いがけない述懐に刈藻は目をみはり、いつのまに来たのか鞠子までが母の背に半《なか》ば隠れるように坐って、もの珍しげに浄妙の顔をみつめた。

「庵主さまに拾われ、この年まで育てていただきましたけれど、つい先ごろ老い衰えて、とうとう冥途《よみじ》へ旅立たれる……。お堂までが朽ち崩れて、わたくしは住みどころを失いました」

「それはきのどくに……」

「いまわのきわに庵主さまが『鎌倉名越《なごし》の長禅寺で甥《おい》坊主が修行しておる。頼って行って身の振り方を相談せい』と言い遺されましたゆえ、お言葉に従い当地へまいったのですが、尋ねる僧は行脚《あんぎゃ》に出て寺にはおらぬと申します。糧《かて》も路用も尽き、ひもじい腹をかかえてさまよい歩くうちに目まいに襲われ、ふらふらとご門の内へ倒れこんでしまったわけでした」

言う通りなら浄妙は、下野へ帰るに帰れず、身を託すあてまで無くしたことになる。

「やむをえぬ。長禅寺の代りにどこぞ、そなたを預かる尼寺を探しましょう。それまで当家にいるがよい」

その、刈藻の言葉をみなまで聞かずに、

「お方さまッ」

浄妙は声をふりしぼった。

「寺にはやらないでくださいませ。薪割りでも濯《すす》ぎ物でも、何でもします。どうかこのままわたくしをお屋敷へお置きいただきとうぞんじます」

土にかぶりついての哀願に、刈藻は困りはてて、

「でも、せっかく幼少より仏門に入り、一人前の尼僧となった者を、俗世へ引きもどすのは罪深い業《わざ》……。やはりそなたの身柄は寺に引き取ってもらうのが一番でしょう」

説得したが、

「いえいえ、どうあっても還俗《げんぞく》しとうございます」

浄妙は言い張ってきかない。

「たまたま蓮華院の前に捨てられていたために、尼にされてしまったにすぎぬ身の上……。小さいころから鉢叩きの、物貰いのと、村の悪童どもに苛《いじめ》められ、どれほど俗家の子供らを羨《うらや》みましたことか。抹香くさい仏いじりは、生来わたくしの性には合いませ

ぬ。迷い込んだのも何かの縁とおぼしめして、なにとぞ水仕《みずし》の端にお加えくださいませ」

「聞く通りです。どう扱ったらよかろうね小宰相」

古参の女房は苦笑しながら、

「手はじゅうぶん足りておりますけど、婢女《はしため》の一人二人、傭って傭えぬおくらし向きではございませぬ。お方さまのご思案次第になされませ」

と逃げる。

「では望みにまかせましょう」

小尼の願いを刈藻は聞きとどけ、

「鞠子も見知ってお置き。新しく召し使うことになった水仕ですよ」

背後を見返って、鞠子にほほえみかけた。少女は人なつこく、これも浄妙に笑顔を向ける。

「姫さまでいらっしゃいますか？　なんとまあ、お可愛らしい……」

感に耐えた顔で見上げる浄妙の、初対面にしては馴れ馴れしすぎる口ぶりに、むっとしたのか、

「さあ、もう下屋《しもや》へおさがり。そなたの身分でお許しもなく奥へ通るのは、たとえお庭

内《うち》でもなりませぬよ」

きびしい表情で、小宰相は浄妙を刈藻母子の前から追い立ててしまった。

四

法師くさい「浄妙」の名をかなぐり捨て、単に「妙《たえ》」と呼ばれることになった小尼は、彼女みずからの言明にたがわず、くるくると一日中、よく働いた。

生まれつき頭がよく、目はしのきくたちなのだろう。仲間ともうまく折れ合って新参ながら憎まれもせず、それどころか、

「言われぬ先にてきぱき仕事を片づけるよ」

「骨惜しみも、とんとせぬなあ」

いつのまにか、重宝がられるほどの人気者となった。

老庵主に手ほどきされて文字も少しは読め、仮名ぐらいならにじり書きできる。

半年たち、一年たつうちには、剃りこぼちていた頭の毛も腰を過ぎるまで伸びて、すっかり世間並《な》みの娘風俗が身についた。都会の水に洗われ、垢ぬけても来て、もはやどこから見ても当世ふうな鎌倉ッ子である。

もっとも、活潑《かっぱつ》すぎる身ごなし、きびきびした口のききようは相かわらずだから、少年じみた勝気な印象は拭いきれない。

肌が合わないのか、小宰相などは時おり不快げに、

「どこか油断のならぬ娘ですよ。ご奉公ずれしてくるに従って、ますます人もなげな、押し太い本性をむき出しにするのではござりますまいか」

刈藻に耳打ちすることもある。

来たとき、十四と言っていたから、一年後の今は十五の生意気《なまいき》ざかり……。言動にもそれが出るのだろうと刈藻はおおらかに見ていたし、

「寺育ちだけにひと通り行儀を心得ている上に、読み書きもできる。水仕事などに追い使ってはもったいない娘ですよ」

と下屋から引き上げて、やがては身近に置く青女房の一人にまで昇格させてやりもした。

妙は感激し、まめまめしく刈藻に仕えた。鞠子にはとりわけ気に入られて、毬《まり》つきや貝合せ、韻《いん》ふたぎなど、娘らしい遊びの相手を勤めさせられたが、そんなときも妙はへつらい負けなどけっしてせず、かといって勝ち誇って年下の主人の不興を買う愚も巧みに避ける。不遇な生い立ちから学んだ処世の智恵かもしれなかった。

──公暁からは一度だけ、便りがあった。でも、それも三人の弟妹ひとりひとりに寄こしたものではなく、一通を三人に宛てた横着な書状で、まず年の順に千寿丸のもとへ届き、千寿丸から鞠子の手へもたらされて来たのである。

性格をあらわして公暁の字は癖が強く、規矩《きく》を無視した自己流の、奔放な書きざまをしている。

上洛のさい目にふれた道中の景観、園城寺の堂塔と山上からの琵琶湖の眺望など、それでもこまごまと記《しる》したあと、

「受戒の師の公胤僧正は気分のゆったりした人で、おれの行動にむやみな制約を加えない。よほどはめでもはずさないかぎり何をしようと見て見ぬふりをしてくれるから、勉学などそっちのけで、おれは毎日、洛中へおりて行き、あちこち京の町中を歩き廻って見聞をひろめているよ。年をとり、立場が重くなれば、こんな気ままな所行は許されなくなる。今の内だと思って大いに羽根を伸ばしているのさ」

公暁は、そうも報じて来ていた。

「帰りたい」

とも、

「鎌倉が恋しい」

とも一言半句、書いてないのは負け惜しみか。それともしんじつ、初上《はつのぼ》りの都の魅力の、虜《とりこ》になってしまったのだろうか。

この公暁の書状に添えて、きれいな髭籠《ひげこ》が贈られて来た。

「なんでしょう母さま」

「ずっしり重いわ。栗のようよ」

あけてみると案の定、みごとに粒の揃った栗の実で、使者の口上によれば千寿丸の母から鞠子にあてた進上の品であった。

千寿丸の生母は昌寛法橋《ほっきょう》という坊官の娘で、頼家がまだ将軍位にあったころ、花見、月見など華やかな催しのたびに刈藻は彼女と顔を合せている。

嫡男の一幡を生んだ若狭局は、比企氏の乱に巻きこまれて自刃し、一幡も死んだが、公暁の母はまだ健在だし、花若の生母も存命していた。

公暁の生母は賀茂重長《かものしげなが》の息女、花若の母親はこれも意法坊生観《しょうかん》という坊官の娘……。

そして刈藻自身は、平家討伐に功をあげながらその功を嫉まれ、頼朝・義経ら同族の源氏に攻められて粟津ケ原で討死した木曾義仲《きそよしなか》の娘なのである。

ひとしく彼女らは、二代将軍頼家の側女《そばめ》――。頼家亡きあとは忘れ形見の子らを育てながらそれぞれの屋敷に潜《ひそ》みくらして、おたがい同士、めったに音信すら交さずに来た。

それだけに、千寿丸の母から贈られた初なりの栗は、刈藻にも鞠子にも珍しく、うれしい。

「さっそく頂きましょうよ母さま、焼きますか？　茹《ゆ》でますか？」

はしゃぐ鞠子に、刈藻も弾《はず》んで、

「焼き栗のほうが甘味が増しておいしいわ。小宰相に申しつけましょう」

呼ぼうとするのを、妙がさえぎった。

「そのようなお役はわたくしにお命じくださいませ。得手《えて》の中の得手でございます」

「栗を焼くぐらいなことに得手も不得手もありますまい」

「とんでもありませんわお方さま。馴れない人にやらせるとポンポン跳ねて、大さわぎになります。芽を欠き取らないからでございますよ」

「芽って、どこ？」

むじゃきな鞠子の問いかけに、

「この、先っぽのとがったところ……。ここを小刀でチョンと切り落として炉の温灰《ぬくばい》に埋めるのが、栗焼きのコツなのでございます」

妙は自慢げな講釈を垂れる。この手の出しゃばりを小宰相あたりに嫌われるのだが、

苛《いじ》めへの耐性ができているのか、当人は気にもかけぬ顔で、

「さあ姫さまも、炉部屋へお越しあそばしませ。妙の秘術をごらんに入れましょう」

鞠子を誘って出て行ってしまった。

苦笑しながら、刈藻が二人の後背《うしろぜ》を見送って、ほぼ半年のち――。

その栗にゆかりの千寿丸が、乳夫《めのと》の泉小次郎親衡《ちかひら》に擁され、北条氏覆滅の火の手をあげるという事件が明るみに出た。

「まさか千寿どのが、そのようなだいそれたたくらみを……」

刈藻は耳を疑ったが、巷《ちまた》の騒動を実際に見て来ただけに、近習の諏訪六郎の報告には信じるに足る力があった。

「むろん十三歳にすぎぬ千寿丸さまに、確たる異図《いと》などあるはずはございません。しかしおん兄の公暁どのに、あの別宴の席でもくり返し、北条氏への憎悪を吹き込まれてはいた弟御でございます。母上からも折りにふれて、亡き父頼家卿のご無念を聞かされて育ったとすれば、乳夫のそそのかしに、あるいは進んで乗《じょう》ぜられることもあるかとぞんぜられます」

「で、その挙兵は？」

「残念ながら事前に洩れ、親衡は討手の囲みを打ち破って逃亡……。千寿丸さまは母者

の屋形に押し込められました」

「なぜ兵もあげぬ先に、事が露見したのでしょう」

「泉親衡は、かねがね阿《あ》静房安念《じょうぼうあんねん》という腹心の僧を諸国に派遣し、同志をつのっていたそうです。運わるくこの密使が、千葉介成胤《ちばのすけなりたね》のもとへ立ち廻りました。北条氏と気脈を通じ合っていた成胤は、連判の状におどろき、安念法師をひっとらえて逐一を鎌倉に報じて来たらしゅうございます」

「では、その法師の自白にもとづいて……」

「はい。北条相模守義時《さがみのかみよしとき》どのの邸内に引っ立ててまいり、手ひどい拷問のあげく張本・与党、三百余名もの名を白状させたそうですが、なんとお方さま、その中に和田義盛《よしもり》どのの子息四郎義直、五郎義重、弟の伜《せがれ》平太胤長《たねなが》らの姓名もはいっていたよしでござりますぞ」

「和田のご一族まで⁉」

「泉小次郎の叛逆にまして、和田一族の加担こそがゆゆしい大事……。聞き伝え言い伝えて諸国から軍兵が馳せ参じ、鎌倉の町なかは今、逃げまどう庶民のわめきで煮え返っております」

「おそろしい。千寿丸どののお行くすえ、どうなることか」

比企《ひき》ケ谷《やつ》の奥の、竹林に覆われた隠れ里にまでは、しかし騒動の波動はさほど寄せてはこなかった。諏訪六郎が町で掻き集めてくる取り沙汰に聞き耳たてて、一喜し、一憂するにすぎないが、噂によるとどうやら局面は、和田氏と北条氏の対決に発展しそうな気配である。

梶原、畠山ら、鎌倉幕府の創建に力を貸した右幕下股肱《ここう》の重臣たちが、つぎつぎに亡び去ったあと、和田一族は三浦氏と並んで、北条氏に拮抗《きっこう》する鬱然《うつぜん》たる大勢力だった。

それだけに、現・執権の地位にある北条相模守義時にすれば「いつかは取りのぞいてしまいたい目の上の瘤《こぶ》」にちがいない。

泉親衡の叛があかるみに出、一味徒党の中に息子や甥が名をつらねていると知ったとき、和田一門の老当主義盛は、領国である上総《かずさ》の伊北《いぎた》ノ庄から取るものも取りあえず鎌倉へ馳せつけ、一族九十八人をしたがえて将軍家の御所に伺候した。

非常事態発生のさなかだから、いずれも甲冑《かっちゅう》に身を固め、弓矢を帯《たい》したいかめしい武装である。

このため遠慮して、左衛門尉《さえもんのじょう》義盛のほかは階上にあがらず、ずらりと南庭に居流れた。義盛は、口では、

「愚息ならびに甥どもの不始末、お詫びに参上いたした」

と神妙に申し述べたが、底意に見え透《す》くのはあきらかな示威である。

はたして彼が口にしたのは、

「いったんは魔がさしてか、叛徒に与《くみ》した者どもじゃが、若気のあやまち……。平家攻めこのかた和田一族が打ちたてたかずかずの勲功に免じ、なにとぞ三名の罪科をお許したまわりたい」

という将軍実朝への、強制ともとれる要望だったのだ。

実朝が何を言うより早く、しかし代ってそれに答えたのは、上段下《じょうだんした》に侍坐していた北条義時である。それが特長の、冷静な語気で、

「かしこまった」

執権は応じた。

「いかにもお望み通り、四郎も五郎も、罪を問わずにお返し申そう」

「おッ、かたじけない。では、さっそくにも引き取らせていただく」

「お待ちあれ左衛門尉どの」

腰を浮かしかける義盛の、早呑みこみを制して、

「お返しいたすのは二人のご子息のみ。甥御の平太胤長は泉小次郎と日ごろからよしみを通じ、このたびの謀議にも当初より参画していた叛徒の張本でござる。許すわけには

まいらぬ」

義時は言い切り、わざとこれ見よがしに、高手小手《たかてこて》に縛りあげた胤長を引き出させた。

そして、列座する和田一族の前を、

「さっさと歩め」

笞《しもと》を持つ捕吏に命じて横切らせ、そのまま陸奥《むつ》の国岩瀬郡に配流《はいる》してしまったのである。この侮辱に、義盛が歯がみしつつも耐えたのは、

「ならばせめて、平太めが住み古した屋敷なりとも、老骨におさげ渡しねがいたい」

との、第二の要求を通したいためだった。

「当御所の東、荏柄《えがら》天神の社殿を門前に拝すあの第宅《だいたく》は、故頼朝公のご治世より代々和田氏が伝領して、平太胤長に至ったゆかりの場所でござる。いまさら他人に押し取られては、それがしの面目が立ち申さん」

もっともな言い分なので、

「よかろう。その件は望みにまかすよ」

実朝は気がるに許容したのに、後刻、どのように言いくるめたか、将軍家の一諾《いちだく》はたちまち反故《ほご》にされ、人もあろうに平太胤長の屋敷は北条義時が拝領してしまったから、

「おのれ相州」

みすみす挑発行為と知りながらも、義盛は激怒した。このとき彼は六十七……。老いの一徹に、一門一族の若殿ばらの、

「北条氏、許せぬッ」

とする火のような思いが加わって、ついに和田氏は、打倒執権家の兵を挙げた。建暦《けんりゃく》三年五月はじめ――。史上いうところの、『和田合戦』の勃発であった。

五

はげしい市街戦がくりひろげられた。

泉親衡の謀叛が発覚したときは、曲りなりにも市中の混乱と関《かかわ》りなくすごせた竹ノ御所も、今度はそうはいかなくなった。

比企ケ谷は、滑川《なめりがわ》にかかる夷堂橋《えびすどうばし》の東に位置する浅まな谷間で、小町大路に面した広大な角地を、もと比企氏が領していたところからその名を冠した谷《やつ》である。

かつて比企能員が騙し討たれ、一幡ぎみを擁して小御所にたてこもった一族も戦い負けてことごとく亡びたさい、比企氏の邸宅は火をかけられて焼け失《う》せた。竹ノ御所とは、ほんのわずかな距《へだ》りしかなかったから、金砂《きんさ》をぶちまけでもしたような火焰の伸びちぢ

みを恐れ、まだ当時、乳のみ児だった鞠子を抱きしめて、

「助けたまえ」

どれほど必死に、刈藻は神仏の加護を祈ったかしれない。

和田合戦は、そのときほど近くではじまったわけではないが、規模は格段に大きく、戦闘じたいも本格的で、まさしく〝合戦〟の名に恥じぬものだった。

和田義盛は侍所《さむらいどころ》の別当職に在《あ》り、いまや幕閣の最長老として、御家人《ごけにん》層のあいだに隠然たる威勢を誇示している。

北条氏の力をもってしても、おいそれとは倒せぬ強大な武族だから、あえて獅子の鬣《たてがみ》をなぶり、これを怒らせて戦いにまで持っていった執権義時の心中には、彼なりの勝算が秘められていたはずである。

勝算……。

それが、どのようなものなのか、当の義時以外に知る者はなかったから、緒戦は五分五分の展開を見せた。いや、どちらかといえば同族結束してかかった和田勢のほうが、寄せ集めの幕府軍を圧倒する形勢だった。

義盛は、全軍を三手に分け、将軍家の御所、北条義時邸、政所《まんどころ》の別当職をつとめる大《おお》江広元《えひろもと》の屋敷へ、同時に三方から攻めかかった。

たちまち御所の方角に火の手があがる……。

義時邸も小町にあったから、野獣の咆哮《ほうこう》にも似た軍兵どもの雄《お》たけび、駆け交す馬蹄のとどろき、逃げまどう群集の叫喚などが一つになって、比企ケ谷の奥まで地鳴りさながら打ち寄せて来た。

「大事ございますまいかお方さま、ここに、じっとつぐなんでおりましても……」

召使たちのおろおろ声に何と返事してよいか、刈藻にも見当がつきかねる。

「逃げ出したところで、どこへ行けば難が避けられるかわかりません。竹の茂みを頼りにして、この隠れ里にひそみつづけるほか手だてはありますまい」

なだめても、年輩の小宰相までが度を失っているありさまでは、邸内の右往左往を抑え切るのはむずかしい。

ことし二十《はたち》の弱冠ながら、男手の少い中で諏訪六郎の働きぶりがたのもしく、目立った。侍烏帽子《えぼし》の緒を彼は顎の下で固く結び緊《し》め、黒革縅《おどし》の腹巻を狩衣《かりぎぬ》の上から着こんで、いささかでも邸内の警備に遺漏《いろう》あらせじと走り廻っていた。輿舁きの雑色《ぞうしき》どもを督励し、裏おもてとも門をきびしく閉ざしたのは、下民らの乱入を防ぐためだし、まわりにいくらもある竹を伐《き》らせ、さらに扉の内側から支えをほどこして、押しても引いても容易に破れぬよう工夫もした。

家司《けいし》は老いて、非常のさいの役には立たない。池の周囲に器物を置き並べ、万一の飛び火に備えたのも諏訪六郎である。合間《あいま》には外へ偵察に出、たたかいの推移を刈藻に報告した。的確な状況把握が、女主人や老家司の気持を何よりも落ちつかせると判断したからだろう。

女世帯にひとしい竹ノ御所で、六郎は彼なりに、刈藻母子を守護する重責を自覚し、力いっぱいそれを果たそうとしているのだ。

いくじなしな女房婢《はした》の中では、妙の働きぶりも取り分けかいがいしかった。御所を捨てて落ちのびなければならなくなった場合を想定し、彼女は厨《くりや》の者どもに手を貸して飯を炊《かし》ぎ、おびただしい腰糧《こしがて》や飲み水を用意した。

「当座のお召し替え、夜の衾《ふすま》も入用となりましょう」

言いながら刈藻や鞠子の衣類を布に包むのを見れば、

「櫛笥《くしげばこ》も……そうそう、何よりは故殿《ことの》や木曾どのの御位牌を……」

小宰相らも荷造りの品に、あれこれ思いが及ぶのであった。

袋に鼠《ねずみ》を追い込んだつもりで襲いかかったにもかかわらず、だれが事前に洩らしたのか御所に将軍実朝はいず、北条義時、大江広元までが、すばやく各自の屋敷から姿をくらましていた。

大江広元は、幕府の草創期に頼朝に招かれ、京から鎌倉へ下向してきた公家《くげ》で、その学問・法律への造詣を生かし、幕政の中枢に参画……。守護地頭《しゅごじとう》制をはじめ、かずかずの政策づくりに関与して、開府の基礎がために尽力した人物である。

当然、頼朝の信頼は厚く、その歿後もひきつづき尼御台政子、北条執権家の信任を受けて、事務官僚としての地位を不動のものにしつづけている。保身の嗅覚もなかなかに鋭く、近ごろ目に見えて相模守義時との提携を深めていたから、

「小ざかしい長袖《ながそで》め、軍陣の血祭りにあげてくれるわ」

和田義盛は広元邸の攻撃を、目標の一つにしたわけであった。

でも、その義盛も比企氏滅亡のさいは、前将軍頼家にくれぐれも頼まれ、

「こころえ申した。かならずお味方つかまつろう」

誓いながら、どたんばで約束を踏みにじり、北条氏に事の逐一《ちくいち》を内通して一族の地位の保全をはかってはいる。

ともあれ義時も広元も、いちはやく和田勢の襲撃を察知して、まず尼御台政子を鶴ケ岡八幡の別当坊へ逃がし、将軍実朝を奉じて法華堂へ避難した。

御所の守りは義時の子の修理亮泰時《しゅりのすけやすとき》、次郎朝時《ともとき》らが引きうけ、百名たらずの侍どもと

一手になって寄せ手の軍勢に立ち向かったが、

「火だッ、火を放たれたぞッ」

絶叫を耳にし、黒煙のあがるのを目にしては、御所を捨てて斬って出るほかなかった。

このまにも急を聞いて、続々騎馬武者が馳せつけてくる。幕府方に味方する者もあれば和田の陣営に投じる者もあり、勝敗はなかなか決しない。

まっ先かけて御所へ攻め入り、棟々に火をかけて廻ったのは、豪勇無双と評判されている義盛の三男義秀《よしひで》である。安房《あわ》の朝夷郡《あさひな》に居館を構えているため、朝比奈三郎と呼ばれていたこの荒武者をはじめ、一騎当千の剛《ごう》の者が和田方には多い。

おまけに、これも強豪の名をえた横山党の武者どもが援軍に加わったから、和田勢の優位は下民の目にさえあきらかとなった。

「どうやら軍神《いくさがみ》は、和田一族の頭上にほほえみ出したようだぞッ」

ところが大方《おおかた》の、この予測はくつがえった。裏切りが起こったのだ。和田勢に呼応して幕軍を攻撃するはずだった三浦一族が、にわかに反旗をひるがえし、北条義時の側に寝返ったのである。

義時や大江広元らが和田義盛の蹶起《けっき》にたじろがず、緒戦でのその猛攻を落ちつき払って躱《かわ》したのは、あらかじめ三浦家の当主義村から、

「お気づかいあるな。機を見てそれがし、かならずお味方に参じますれば……」

との密約を得ていたためだったのだ。

片腕とたのんでいた大族三浦氏に離反されては、ひとたまりもない。それでなくてさえ一日半、飲まず食わずの激戦に疲れがつもってもきはじめていた和田勢である。

「三浦義村が相州の側についたそうだ」

と伝わるや、争ってそれに追従《ついじゅう》する軍勢が出はじめ、彼我の優劣が逆転したことも、和田勢の士気を削《そ》いだ。

嫡男の新左衛門尉常盛《つねもり》、また、この騒動の因をつくった四郎義直、五郎義重ら伜どもをはじめ、一門一族の主立《おもだ》った武将ほとんどが壮烈な討死をとげたと知って、

「もはや、これまでじゃ」

老義盛は死を覚悟し、乱刃のただ中へ斬って出て力闘の末、江戸左衛門尉義範《よしのり》の郎従に首打たれた。

「なんの、勝負は時の運。二つとない命をむざむざ捨ててなろうか。後日、ふたたび勢いをもり返し、見参《けんざん》をとげるぞ相州」

豪語して、生き残りの郎党を掻き集め、浜面《はまおもて》から船に分乗……。安房の故郷をさして漕ぎ出したきり行方が知れなくなったのは、朝比奈三郎義秀ただ一人であった。

六

いかに裏切りに遇《あ》ったとはいえ、侍所の別当にまで任ぜられていた和田義盛が、二日にも満たない戦闘のあげく、一族ともども呆気《あっけ》なく亡び去ったという知らせは、刈藻を自失させた。

「それは本当ですか？　何かのまちがいではありませんか？」

諏訪六郎の報告を信じながらも、念を押さずにいられなかったが、

「市中にはまだ、敵味方の屍体が散乱し、足の踏み場もないありさまでございます」

と、その目でつぶさに惨状を見て来た若者の言葉には、実感がこもっていた。

「鋭意、取り片づけてはおりますけれども、和田方の将兵はあと回しにされがちですので、連日の猛暑……。腐爛しかかった亡骸《なきがら》に蠅が群れて、耐え切れぬ異臭を発しております」

見かねた町民らが和田方の戦死者をひとところに集め、穴を掘って埋めている。末々《すえずえ》の同情は和田勢に多く寄せられ、その反動のように三浦義村の背反が爪はじきされて、

「侍の信義に悖《もと》るやつ……」

「油断のならぬ蝙蝠《こうもり》じゃな」

女こどもにまで憎しみの対象にされているとも、六郎は語り分けた。

朝比奈三郎の超人的な活躍ぶりも、尾鰭《おひれ》をつけて喧伝されているようだ。豪傑好きは下民の常である。大鎧《おおよろい》を二領重ねて着こみ、星兜《ほしかぶと》を猪首《いくび》にいただいた朝比奈が、九尺もある鉄棒を縦横無尽に振り回し、人といわず馬といわず当るをさいわい打ち伏せ薙《な》ぎ倒して、血の海、屍《しかばね》の山をきずいたなどという武勇伝にも、喝采する者が無数だという。

「あの朝比奈どのならば、それもいちがいに嘘とは言えますまい。なにせ女ながら、膂《りょ》力《りょく》抜群と恐れられた巴《ともえ》御前を母に持つ勇者ですもの」

と刈藻は、なつかしげに庭先の、芒《すすき》のひと叢《むら》を見やった。まだ青々とした葉ばかりだが、秋の気配が濃くなるたびに銀色の花穂《はなほ》をいっせいに伸ばし、目をたのしませてくれるこの芒は、かすかにまだ、記憶の片隅にとどめている生まれ故郷の木曾の風物を、年ごとに思い出させてくれるよすがとなっている。

「ほかのことは、すべて朧《おぼろ》になりはてたのに、なぜか目路《めじ》のかぎり芒の穂波が輝きうねる中を、父の義仲どのにおぶわれてどこまでもどこまでも走った日の、風の香り、高原の冷気のすがすがしさだけを、いまもはっきりおぼえているのですよ」

述懐する女主人に、六郎もうなずいて言った。

「巴どのはたしか、その木曾どの配下の女武者でござりましたな。亡父に武勇譚《たん》を聞かされたことがあります」

「巴、山吹など、男も及ばぬ騎射・打ち物の手練《てだ》れが、合戦のたびに出陣して近隣に武名をとどろかせました。でも二人ながら木曾の御館《みたち》では、義仲どのの寵愛あさからぬお側女《そばめ》……。あでやかな女性《にょしょう》がたであったと、わたくしも亡き母からよく聞かされたものです」

寿永《じゅえい》のむかし、同族の源氏に攻められて義仲が粟津の松原で戦死したとき、巴は生け捕《ど》られて鎌倉に曳かれた。

「首を刎《は》ねるか」

「いや、強いとはいっても女武者。殺すまでもあるまい。おっ放《ぱな》せ」

と、その扱いをめぐって議論百出したとき、巴の身柄を屋敷に預かっていた和田義盛が、

「それがしに賜りたし」

そう、頼朝に願って出た。

「ははは、巴のみめかたちに惚れおったか」

「これはお言葉とも思えませぬ。なだたる勇婦と契《ちぎ》り、強健なる男児を得たいとの一念からでござる」

「これはあやまった。なるほど猛将の義盛が、木曾の身内にその人ありと知られた巴をめとれば、父母の血を享《う》けてあっぱれ勇者が誕生するに相違ない」

すぐさま許されて閨《ねや》に迎え、生ませた子息が朝比奈三郎義秀だったのだ。

義仲を近江の粟津に追いつめて、死に至らしめた当の仇敵《かたき》は、三河守範頼《のりより》や九郎判官義経《よしつね》ら頼朝の意を受けたその異母弟たちだが、和田義盛も鎌倉方の将――。いわば夫を殺した仇敵の片割れである。

戦いに敗れ、抵抗を封じられた捕虜の身では、義盛の求めを拒むことができず、言うなりになったのであろうけれど、

(巴どのはどれほど辛《つら》く、くやしくもあったか……)

と刈藻は、自身の運命に重ね合せて、父の愛妾だった女武者の、女体の哀《かな》しさを思いやらずにいられない。

義盛の望み通り三郎義秀を生んだあと、巴は暇《いとま》を乞うて国へもどり、尼となって義仲や兄の今井兼平《かねひら》ら、陣没した縁者の菩提《ぼだい》をとむらったという。

それだけに日ごろ、よそながら、

「巴御前のゆかり……」

と見ていた朝比奈が、和田氏滅亡の悲運に突き落とされ、行くえ知れずになったとの知らせを、刈藻はひとごとと聞けなかった。

（痛手を癒《いや》して再起をはかるか。それとも、追討軍を防ぎきれず一族のあとを追って命を終るか……）

どちらともわからぬながら、たとえ僧となってでも生きていてほしいと願わずにいられない。

諏訪六郎をさがらせたあと、刈藻は仏間に入り、朝比奈三郎の無事を祈念して経を誦《ず》した。

仏前には木曾義仲の位牌と並んで、その嫡男義高《よしたか》の位牌も安置されている。これは巴が、義仲との間に儲《もう》けた男児である。

清水冠者《しみずのかんじゃ》と呼ばれていた義高は、親もとをはなれ、おもてむき、

「頼朝の娘婿《むこ》に迎えられる」

という形で木曾から鎌倉へ送られて来た。

じじつ頼朝は、義高の凜々《りり》しい若武者ぶりが気に入り、御台所政子の生んだ大姫《おおひめ》の御殿に住まわせて、息女の許婚者《いいなずけ》として遇したのだが、内実はむろん、人質にすぎなかっ

た。

大姫は、しかし義高を、

「やがて夫になるかた……」

と信じ切った。むきな、一途《いちず》な慕情を義高に寄せ、祝言の日を待ち望んでいたのである。

しかし源氏同士の連帯が破れ、骨肉あい喰《は》む合戦のあげく、義仲が敗死すると、頼朝はただちに義高の殺害を刺客に命じた。

大姫付きの侍女に急を知らされ、義高は女装してひそかに御殿を忍び出た。

「あとはわたくしが引き受けて、時を稼《かせ》ぎます。そのあいだに若殿は、逃げられるかぎり遠くへ逃げてくださいませ」

申し出たのは海野《うんのの》小太郎《こたろう》幸氏《ゆきうじ》という小姓だった。彼は夜着を顔の上まで引きかぶり、枕からは髻《もとどり》だけを出して日が闌《た》けるまで帳台深くこもっていた。

何度か近習が様子を見に来たけれども、義高が寝坊しているのだと信じこんで、そっとしておいた。そのうち小太郎は起き出したが、帳台の中にうしろ向きに坐って、カラリカラリ、賽《さい》を振る音をさせている。双六《すごろく》も義高が好んでいた遊戯なので怪しむ者はなかった。しかし、さすがに日が暮れかかると、

「訝《おか》しいぞ。いつまで双六に熱中しておられるのか」

侍が踏み込んで来て替玉《かえだま》とわかった。

頼朝は怒り、四方八方へ討手を差し向ける。……内の一人、堀藤次親家《ほりとうじちかいえ》の郎従・藤内《とうない》光澄《みつずみ》という者が、武蔵《むさし》の入間《いるま》川岸で義高に追いつき、一刀のもとに討ちとめてしまった。ただちに首級を挙《あ》げ、鎌倉に持ち帰って頼朝の実検に供えたけれども、これで事が済んだと思ったのは誤りだった。半狂乱のありさまで大姫は父を責め、母を恨み、以来、床《とこ》について枕もあがらなくなったのである。

気丈ではあっても女親は、情《じょう》にもろい。娘の涙には、まして弱かった。

「なぜ事前に打ちあけてくださらなかったのですか。大姫はともあれ、せめてわたくしにだけでもご相談くだされば、清水冠者の処遇、何とか考えようもありましたものを……」

掻きくどかれて、内心、困惑はしたものの、頼朝には彼なりの信念がある。

「ばかを申せ。いずれ、わしを父の仇《あだ》と狙うであろう物騒な小冠者を、いかに姫が恋着しているとはいえ婿扱いして、のめのめ温存できようか。大鷲に育つ雛鳥《ひなどり》を飼いふとらせて、後日、悔いても取り返しはつかんぞ」

そういう頼朝自身、父や兄を討たれた平治ノ乱のあと、平清盛の継母池《いけ》ノ禅尼《ぜんに》の憐れみから危うく首をつながれ、成人ののち恩を仇で返して、平家を滅亡に逐《お》いやった実績の持ちぬしである。

その、みずからの体験から割り出して、

「禍根は双葉の内に除くにしかず」

と言うのだから、いかな政子も返す言葉がなかった。

せめていくらかでも大姫の気持をやわらげるべく藤内光澄を引っ捕え、その首を刎《は》ねて見せたけれども、そんなことで娘の悲歎が薄まるはずはない。

他の縁談を持ちこんでも耳をかさないし、やっと小康を得た機会をとらえて京へつれてのぼり、入内《じゅだい》させようとこころみもした。でも、両親のどのような説得も聞き入れず、亡き許婚者の面影を抱き通して、大姫はとうとうはかない生涯を閉じてしまった。

「貞節なおかたじゃ」

と今もなお、故老たちの間には語り草になっている。

その義高が人質としてくらした鎌倉……。むごたらしい生首《なまくび》となってもどった鎌倉に、母の巴は虜《とりこ》の身を引っ立てられて来、品物さながら和田義盛にさげ渡されて、朝比奈三郎を生んだのである。

（その三郎義秀どのさえ、このたびの合戦に打ち負け、生死のほどもわからなくなっ

た）

巴はもはやこの世にいまい。とうに黄泉《よみ》に旅立ったにちがいないが、播《ま》かれた悲劇の種はつぎつぎに、新しい悲劇を芽ばえさせてゆく……。

（わが家はどうか？）

考えると、刈藻はたまらなく不安になる。

立ちあがって、義仲のそれと並べて安置してあるいま一つの位牌を、彼女はそっと取りおろし、

（母さま、お守りください。わたくしはともあれ、鞠子の行く末だけでも……）

額に押しあてて祈った。

小太刀ひとつ使えぬおとなしい気性だったから、巴や山吹ほどにときめいてはいなかったけれど、刈藻の母も義仲に愛され、『朝日将軍』と呼ばれた全盛時代は、住まいも都に移されて、夢のような上臈《じょうろう》ぐらしを味わった側女の一人である。

でも、それも束《つか》のまの栄華に終った。義仲が敗死したあと、母子は知人をたよって洛南に逃げたが、なんなく捕えられて鎌倉へ送られ、刈藻はやがて、二代将軍頼家の側室となった。娘の美貌が彼女みずからと、母親の命を救ったのだ。

その母はとうに物故し、頼家も他界して、刈藻の手もとには鞠子だけが残された。

将軍の座には今、三代実朝が坐り、頼家の治世は過去の暗がりに置き去られて、四人の遺児たちも世間から忘れられたはずだった。

（それでよい。そっとしておいてほしい）

と刈藻は願ったのに、泉親衡のように千寿丸をかつぎ出し、将軍位の奪回を策す者も出る。

連繫して、和田氏の滅亡などという大事件にまで立ち至った今回の騒動だが、泉親衡がいちはやく姿をくらましたあと、捕えられ、生母もろともその屋敷に押しこめられている千寿丸の処分は、どうなるのか？

（斬られるか、それとも一命だけは助かるだろうか？）

この波動が、頼家の、他の忘れ形見にまで影響してくるのを刈藻は恐れた。

公暁の乳夫《めのと》の三浦義村が、同族の和田氏を裏切って北条側に味方した事実も、

（なぜなのだろう）

刈藻には真意が摑みかねる。

北条氏を敵視し、

「父の仇敵《かたき》だ」

とまで公暁がののしって、兄弟四人の結束をうながしていたのが事実なら、その、あ

まりな激語が外部に洩れ、千寿丸の件と連動して北条氏を刺激することになるのを防ぐ意図から、苦肉の策に出たとも考えられる。

いずれにしろ、千寿丸の身の上がどう結着するか、当面の気がかりはその一点に絞られてきたが、まもなく諏訪六郎の口からもたらされたのは、

「ご安心なされませお方さま、千寿丸どのはおん祖母尼御台のおはからいにて栄西禅師のお弟子となられ、栄実《えいじつ》の法号を授けられて、ちかぢか京へ修行におもむかれるよしでござりますぞ」

との知らせであった。朗報である。

「庭の栗の実を、どっさり贈ってくださったお優しい母上が、どんなに胸をなでおろしておられるでしょうねえ」

「千寿丸ぎみは十三歳……。きっと可憐《かれん》な新発意《しんぼち》姿になられたと思いますよ」

鞠子ともども、刈藻はその延命をよろこび合った。

唐船

一

ともあれ曲りなりにも、鎌倉の町々には平穏がおとずれ、比企《ひき》ケ谷《やつ》の奥の竹ノ御所にも静かな日常がもどった。

秋の気配が立つころには戦死者の屍体もすっかり片づけられ、大路小路、溝の中までが血糊《ちのり》のあと一滴すらとどめぬまで清掃された。

和田方の将兵がまとめて葬られた浜に近い松林には、町びとの手でか、それとも僧侶らの手向けであろうか、小さな五輪の石塔が据えられ、いつとはなく人々の口に、和田塚と呼びなされて来てもいる。

刈藻《かるも》がいとしんで、手入れを怠らない前栽《せんざい》の芒《すすき》は、幾重《いくえ》にも葉を巻きしめた茎のひとつひとつに、まだ固くはあるものの生毛《うぶげ》つややかな花穂の先をぽっちり覗かせはじめ、二つ三つ、それへ赤蜻蛉《とんぼ》が絡《から》まり翔《か》けるのも愛らしい。

幼いころから鞠子《まりこ》は声がよく、大気の澄み渡るこの季節には、とりわけ金《きん》の、繊細な鈴でも振るような透明なさざめきが、庭のあちこちから刈藻の耳に届く。侍女たちと遊び興じているのだが、近ごろは唄をおぼえて気持よさそうに歌いもする。

思ひは陸奥《みちのく》に
恋は駿河《するが》に通《かよ》ふなり
見初《そ》めざりせばなかなかに
空《そら》に忘れて止《や》みなまし

「艶《あだ》めいた、あのような唄を、まあ、いつのまに鞠子が……」

刈藻のおどろきに同調して、

「妙《たえ》でございますよ、お方《かた》さま。あの小ましゃくれが姫さまにお教え申したのでございます」

譏《そし》るのは、小宰相《こざいしょう》である。

「今様《いまよう》のようね」

「はい、遊女白拍子《しらびょうし》が客の前で歌う下司《げす》なはやり唄などを、何もごぞんじない姫さまに覚えさせるなど、ふとどきな女……。叱りつけてやろうではございませぬか」

　呼びつけてこごとを浴びせても、妙は一向にわるびれない。

「白拍子は将軍御所のご酒宴にも招かれて今様を歌いますし、都では宮中や仙洞《せんとう》にまで伺候して、公家《くげ》衆の引き立てをこうむっているとも聞きました。今上《きんじょう》陛下の曾祖父にあたる後白河院など、今様に熱中して歌い狂い、咽喉《のど》を三度も破りながら、『梁塵秘《りょうじんひ》抄《しょう》』とかいう今様のご本を編まれたそうですわ」

　口がしこく抗弁する。

「べらべらとまあ、よく回る舌だこと。そんなしちむずかしい本の名などを、どこから仕入れてきたの？」

「仕入れたりはしません。六郎どのが話してくださったんですよ小宰相さま」

「六郎？　諏訪六郎ですか？」

「ご当家には、ほかに同名の侍などいませんでしょ。公家衆が管絃《かんげん》のお遊びのさい、拍子《ひょうし》を打って歌われる催馬楽《さいばら》なども、もともとは下賤のあいだに起こったはやり歌だったとも六郎どのはおっしゃっておられました。だからわたくしが姫さまに今様をご伝授したからって、小宰相さまにがみがみ言われる筋合はございませんわ」

まくし立てる顔つきは、刈藻が見てさえ小面憎《こづらにく》い。まして小宰相は躍起《やっき》になって、

「いけません。向後いかがわしい恋歌など姫さまにお教えしたら、ただは置きませんよ」

孫ほどにも年のちがう相手を、息巻き荒くきめつけるのだった。

十二歳にしては晩熟《おくて》に育ったのか、当の鞠子はおっとりしていて、妙や小宰相の論争をよそに、涼やかな声を無心に張りあげる。

王子のお前の笹草《ささぐさ》は
駒は食《は》めどもなほ茂《しげ》し
主《ぬし》は来ねども夜殿《よどの》には
床《とこ》の間《ま》ぞなき若ければ

そんな婬《みだら》な今様さえ意味もわからずに歌う。雑色《ぞうしき》の男どもが聞きつけて、

「おッ、姫さま、隅に置けませぬな」

「やつがれ、破れ鼓を叩きますゆえ、ま一つご披露くださりませ」

からかい顔で言うのを見ると、さすがに刈藻も黙止できなくなって、妙を叱り、

「そんな唄を歌ってはいけませんよ鞠子」

娘を制止したのだが、どうやら二人はその後も陰では、こっそり唱歌を愉《たの》しみつづけているらしい。

それもしかし、世の中が静謐《せいひつ》であればこそ起きもする他愛《たあい》ない揉《も》めごとだし、鞠子がいま少し成長して歌意を理解するようになれば、しぜん口にしなくなるはず、と楽観して、刈藻はしつこくは戒《いまし》めなかった。

（しょせん、子に甘い母……）

反省しながらも鞠子の歌声を、彼女自身、愉しむ思いがあったのである。

二

和田合戦の勧賞《けんじょう》がおこなわれ、

「だれそれは、どこを頂いた」

「彼は、あの地を……」

などと、分け与えられた新知行《ちぎょう》の高や場所をめぐって、秋から冬にかかるあいだ御《ご》家人《けにん》たちの間に取り沙汰はやかましかったが、北条義時が三浦義村の手を握りしめ、

「恩に着るぞ左衛門尉。このたびの合戦で幕府が事なきを得たのは、ひとえに貴殿の忠節による。かたじけない」

感謝した事実は、ことにも人々の心情に複雑な影を落とした。

永年の功を無視され、義時の挑発を受けてむざむざ亡んだ和田一族への哀憐は、だれの内奥《ないおう》にもくすぶっている。

建暦《けんりゃく》三年は、残りわずかとなった師走六日に改元され、建保《けんぽう》という新年号に変ったが、年あけ早々、将軍御所で催された儀式の席上、はたしてこのくすぶりは風を呼び、炎となって燃えあがったのである。


それは毎年、幕府の恒例として執行される歳旦《さいたん》の式での珍事だった。はやめにやって来て大侍《おおざむらい》の上座に坐り、満ちたりた正月顔であたりを眺め回していた三浦義村の鼻の先を、なんと思ったか、わざと引きこするように通りすぎた千葉胤綱《たねつな》が、さらにその上座に、むんずとばかり座を占《し》めたからたまらない。

義村は眼を怒らせ、胤綱を睨みつけてののしった。

「この下総《しもうさ》犬めは、臥所《ふしど》を知らぬわ」

つまり、おのれの席次をわきまえぬやつ、と罵倒したわけである。待ってでもいたようなすばやさで、胤綱が言い返した。

「三浦犬は、友を喰《くら》うか」

これまた和田一族に煮え湯を呑ませた背反行為への、痛烈きわまる当てこすりだったから、

「な、なに⁉」

義村は満面、朱をそそいで突っ立ち、

胤綱も腰の大刀に手をかけて、あわや乱闘になりかけた。

「おう、くるかッ」

「これは何とめさる御両所、御前でござるぞ」

「めでたい元朝のお席じゃに、時と所をわきまえさっしゃい」

列座の大小名が飛びかかって組みとめ、双方を引き分けたおかげで、かろうじて事なきをえたけれど、どさくさまぎれに義村の脛《すね》を蹴ったり、腕を捻《ね》じあげた者もいないではなかった。

いかに内心、人々が義村の裏切りを憎み、和田の滅亡に同情を寄せていたか、千葉胤

綱の言動が証明した形である。

したがって、同じ年の十一月、

「栄実《えいじつ》どの、叛す」

との急報をひっさげて、幕府の出先機関である京の六波羅から、馬に白泡を嚙ませつつ使者が馳せつけて来たとき、

「やったか、またしても……」

鎌倉中が、当然のこととして肯定した。

戒師《かいし》の栄西禅師について出家得度《とくど》をとげ、栄の一字をもらって栄実となった千寿丸は、尼御台政子の言いつけ通り上洛し、僧としての修行にはげんでいたはずだった。

ところが和田合戦のはじまる直前に逃亡し、行方をくらました乳夫《めのと》の泉小次郎親衡、敗戦のあげく、これまた落人《おちうど》となって四散した朝比奈三郎義秀ら和田の残党どもが、ひそかに気脈を通じ合って一手となり、洛中に結集……。千寿丸を旗じるしに押し立て、「北条氏打倒」を合言葉に、再度の挙兵を企んだと、息せき切って使者は告げたのだ。

叛徒らは二隊に分かれ、南北両六波羅《ろくはら》を攻め落として京を掌握しようとしたが、この計画は寸刻の差で、探題《たんだい》の察知するところとなった。

二条の旅宿《りょしゅく》に潜伏していた栄実は、六波羅の兵に襲われてあえなく自殺し、泉・

和田の残党たちも、ほとんどが斬り死をとげた。

朝比奈三郎が重囲を脱し、今回もまた、どこへともなく消え失せた強運を、

「おめおめ死ぬか。あの鬼武者がよ」

やはり当然のことのように人々は噂し合ったけれども、栄実——千寿丸をめぐる一連の事件は、事実上その死によって、まったくの終熄《しゅうそく》を見たのであった。

「結局は生きられぬ宿世《すくせ》だったのね、千寿丸兄さま……」

鞠子の嗟嘆《さたん》に、おもくるしく刈藻はうなずいた。

「母上も共に京のぼりあそばし、ご子息のお身の回りのお世話をなさっていたそうよ」

「では、母上も……」

「千寿どのとご一緒にはかなくなられたか、それとも様《さま》を変えられたか……」

遁世《とんせい》も上洛も、運命を枉《ま》げる手だてとはなり得なかった。千寿丸が体内に持って生まれた血——。祖父頼朝、父頼家から享《う》け継いだ血の尊貴は、頭をまるめようと法衣をまとおうと変らない。そして、それあるかぎり彼は叛軍の将として、野心を抱く者どもに担ぎ出される定めから逃れられないのだ。千寿丸も、その母もが、おそらくはあずかり知らぬところで事は企まれ、推し進められて、十四歳にしかならぬ命を、蕾《つぼみ》のまま散らす結果になったのだろう。

ようやく恵まれた穏やかな日々が、千寿丸の死の知らせでふたたび掻き乱され、鞠子の唄も聞かれなくなったが、息をひそめ合うようにして送り迎えた歳月が二年すぎ、三年経過して、建保五年の春も終りかけたころ、人の訪れとてない竹ノ御所に、派手やかな糸毛の女車が曳きこまれて来た。

「どなたがお越しあそばしたのでしょう」

と、それにさえ目をそばだてずにいられないのに、降り立った女房は、なんと将軍家のご使者だという。

「かねて建造中の唐船が、このほどめでたくできあがりました。そこで卯月十七日正午《うま》ノ刻より、船おろしの儀をとりおこないます。刈藻さま鞠子姫さまお揃いにて見物にまいられよとの、将軍家じきじきの仰せにございます」

恩着せがましい言い方に、有無を言わせぬ威がこもる。それでなくてさえ小心な刈藻は、一も二もなく恐れ入って、

「ありがたきお言葉……。まちがいなく当日は、刻限までに娘を同道して参上いたします。なにとぞ御所さまに、よろしゅう御礼を申しあげてくださいませ」

と、招きに応じてしまった。

もっとも、唐船の評判は、旧冬、由比ケ浜に作事場が建てられ、異国人らしい肥満体

そもそも棟梁《とうりょう》が、耳ざわりなしゃがれ声で口うるさく日本の船大工らを指図しはじめたそもそもから、

「どんな船ができるのだろ」

「あの棟梁は宋《そう》国の人だそうな。注文主《ぬし》は将軍さまじゃそうだで、船も豪勢な唐船であろうよ」

寄り寄り町人《まちびと》らの口に語り交されていた。そして、すこしずつ作業が進み、予想にたがわぬ巨大な唐船が浜辺の一劃に姿を現しはじめるころには、

「お方さま、ぜひぜひあれが海に浮かぶときは、拝見に行こうではありませんか」

小宰相ら召使たちに、刈藻はうるさくせがまれて、

「行ってもよいけれど、きっと大変な人出でしょうよ」

興味をそそられる反面、尻込みもしていたやさきだったのである。

妙は雑色《ぞうしき》どもと誘い合って、すでに幾度も覗き見をしてきたらしく、

「雨や風から守るために船は板小屋に覆われてます。だけど昼間なら入り口が大きく開けられ、番匠だの塗師《ぬし》だのが出たりはいったりしてるから、まぎれ込んで見るくらいわけはありません。その立派さといったら胆がつぶれるほどですよ」

と、いやが上にも屋敷中の好奇心を煽り立てた。

実朝からの招きは、だから考えようによっては願ってもない機会の訪れともいえる。将軍家の招待なら、たとえ隅のほうでも桟敷《さじき》に坐って、下民どもの混雑とは無縁に、ゆっくり盛儀を陪観できるのではないか……。

「ご承引くださって、うれしゅうございますお方さま、お供させていただけますよね」

一人決めして、小宰相あたり早くもいそいそと、当日に備えての仕度にかかる。

「お天気は大丈夫かしら……。晴れてくれるといいわねえ母さま」

鞠子にまで喜ばれると、ひさびさに刈藻も浮き立って、当日の好天を祈りたくなるのだった。

三

いったいなぜ、将軍ともあろう人が、壮大と言えば壮大、とっぴょうしもないと言えばそうも言える唐船の建造などを思い立ったのか。

妙が耳にして来た風評によれば、造船を仰せつかった宋国人が去年の秋なかば、大和《やまと》の竜門《りゅうもん》の里とやらいう鄙《ひな》からはるばる鎌倉へくだって来て、将軍実朝に拝謁をねがい出たのだという。

「本来なら一介の異国人。氏素姓もわからぬ老人が御所さまにお目通りなど、おいそれとできるわけはありません。だけどこの陳和卿《ちんなけい》とかいう爺さん、もとをただせば奈良の大仏を鋳《い》た腕っこきの工人《こうじん》で、大膳大夫大江広元さまとは面識もある男だったのですと……」

そこでまず、鎌倉入りをするとすぐ、陳は大江邸に推参《すいさん》し、広元の口ききで御所へつれて行ってもらったわけだが、実朝の面上をひと目、仰ぎ見るなり、

「あら尊《とうと》や、有難や。君は権化《ごんげ》の再誕におわします。いま現《うつつ》に会い奉ることのできたうれしさ、筆舌につくしがとうござりまする」

額を床《ゆか》に打ちつけ、三拝して泣き出した。大げさなその涙に、実朝は鼻じろみ、広元も呆れて、

「御所さまが権化の再誕とは、いかなるわけか陳、くわしく申し上げよ」

うながした。

「申し上げいでなりましょうや。そのために老骨に鞭打ち、百里の道を当地までくだってまいったやつがれでござる」

居ずまいを改めて陳が語ったところによると、ある一夜、彼は夢想の示現《じげん》をこうむったのだそうだ。

「いま鎌倉におわす三代将軍家こそ、前生は宋国育王山《いくおうざん》の大長老にましまし、かく申すやつがれは、かたじけなくもその御弟子《みでし》であったとやら……。あらたかな、この夢のお告げに感奮し、何としてでも恩顔を拝さんとの悲願に燃えて、かくのごとく参上つかまつった次第にござりまする」

「ふーん」

実朝は唸った。

「前《さき》の世で、わたしは育王山の長老、そしてそなたはわたしの弟子だったと申すのか？」

「はいはい、おなつかしゅうぞんじまする」

心を打たれたのか、それとも何か別に考えめぐらしていたのか、実朝は不自然なほど間《ま》を置いたあげく、

「ふしぎなこともあるものだなあ」

言い出した。

「ひと月ほど前に、わたしもそっくり同じ夢を見たぞ」

「やッ、上さまも⁉」

「法体《ほったい》姿で、わたしは広壮な伽藍《がらん》の中を歩いていた。造りも規模も、日本の寺とは桁《けた》ちがいに大きな寺域だ。『ここは、どこだろう』と訝《いぶ》かりながら歩《ほ》を進めて行くうちに、

一人の老僧に出会い、『当寺こそ中国五大山《ごだいさん》の一峰、育王山にございまする』と教えられた。しかも今、思い返せばその僧の顔は、陳、そなたにそっくりであったよ」

脇で聞いていた広元も、双方の夢物語の符合に驚いたらしいが、さらに彼が仰天したのは、

「万難を排してでも、わたしは前生の住家《すみか》であった育王山とやらへ参ってみたい。広元の言葉によれば、そのほうはかつて大仏の御首《みぐし》を鋳《い》たてまつった鋳工《ちゅうこう》とか……。船はどうだ？　造れるか？」

ものに憑《つ》かれでもしたような熱心さで、実朝がいきなり、陳に訊《き》きほじり出したからだった。

「上さま、しばらく」

あわてて広元はさえぎった。

「なるほど育王山は、宋国屈指の名刹……。正しくは阿育王山《あいくおうざん》広利寺とやら称し、釈尊の遺骨を納めた舎利塔《しゃりとう》の存する霊域とも聞き及んでおります。参詣されたいお気持は察せぬではなけれども、お立場をお考えくださりませ。上さまは源家の嫡統、諸国武門の総帥《そうすい》。かしこくも征夷大将軍・総追捕使《そうついぶし》の恩命を受け、他にはまた朝廷守護の武臣として、中納言・左近衛《さこんえ》中将の官職をもおびたもうお身の上ではござりませぬか。重責をう

ち忘れ、かるがるしく渡宋を思い立たれるなど、おん母御台、執権義時どのへの聞こえもはばかられましょう」

広元の意見など、どこ吹く風の強引さで、

「わたしは陳に訊いているのだ。さあ、どうだ陳、船は造れるか？」

実朝は答をうながす。

広元の不興を気づかいながらも、

「造れます、造れます」

つい、陳は膝を乗り出してしまった。

「鋳金・建築、なにごとにも人にひけをとらぬやつがれなれど、とりわけ造船は得意中の得意技《わざ》にござります。ご所望とあらば、本朝の和船などとは較べものにならぬ堅牢無比な宋様の大船を、みごと建造してお目にかけまする」

……それからは、ほとんど破竹の勢いといってよかった。

母政子の叱責も北条義時の諫めも、実朝はかたくなに聞き入れない。波浪の難、海賊の襲来、罹患の厄など、渡海にともなう危険を並べたてて制止しようとする尼御台所を、あべこべに実朝は論破しにかかった。

「むかし小松ノ内大臣平重盛が、二千両もの砂金を寄進して後世《ごせ》の弔《とむら》いを依頼した御寺ですよ母上。近くは後白河法皇までが、わざわざ使者をつかわして仏舎利を請《こ》い受けもした尊い霊場……。陳とわたくしはそこで前世に師弟のちぎりを結び、いままた今生《こんじょう》で相逢《あいお》うたのです。なんという奇《く》しき因縁でしょう。その陳に船を造らせて出かける旅なのですから神仏の加護がないわけはありません。酒宴や管絃の遊びなどで意味もなく空費してしまう二、三年間を渡宋に費《ついや》すのです。はるかにそのほうが善根の種だと思いますがね」

むっつり屋の日ごろに似げなく長広舌を振るい、さっさと作事奉行を任命……。随行人員の人選その他、渡航の準備にかかった。

御所中の心痛をよそに、張り切ったのは陳和卿である。

大江広元の見るところ、どうやら陳は大和で食いつめ、儲け口にありつく気で出まかせの夢物語を捏造《ねつぞう》……。将軍家に取り入ろうとしたようだ。

だれが聞いてもまやかし臭いこんな話に、実朝が口裏《くちうら》を合せ、ばたばたと造船渡宋の計画を軌道に乗せてしまった真意が、広元にははかりかねる。まさか陳のでたらめを本気にしたわけではあるまい。嘘と知って乗った以上、信仰心の発露でもありえない。

(どういうおつもりか……)

妙の話によれば、上層部のこの困惑におかまいなく陳は資材を集め、日本の優秀な船大工をおおぜい傭い入れて、唐船の建造に取りかかったのだそうだ。

「和船の作りとは、まったく違うんですねえ。びっくりしましたわ」

俗に、瓦《かわら》と呼ぶ木製の刳舟《くりぶね》……。それを基《もと》にして棚板を張り出しただけの和船では、大洋の風浪を乗り切ることなどおぼつかない。

「砂丘からまっすぐ浜辺に向かって、平板《ひらいた》を敷きつめ、まず転木《ころ》を置くんですよお方さま。そしてね、転木の上に長い、大きな底材《しき》を乗せるんです」

「しき？」

「船の背骨みたいなものでございますって……」

その底材と直角に、これも人体でいえば肋骨《ろっこつ》にあたる隔壁を取りつけ、隔壁と隔壁の間をこまかい舷側板でびっしり閉じ合せる。こうしたやり方だと瓦の長さ太さに縛られる和船と違って、いくらでも望み次第に大きな船が造れるし、強度や航洋性も段ちがいに高くなる。

塗料、帆材、飾り金具に至るまで、陳が博多《はかた》の商人に注文して取りよせた宋国からの舶載品だから、

「仕事の邪魔だ。どけどけ」

追い払われても、珍しもの好きのヤジ馬で由比の浜辺は連日ごった返した。

「将軍さまもしょっちゅうお見えでございましてね。陳棟梁の説明を聞きながら図面を覗いたり、だんだんそれらしい形になってゆく船を、いとしそうに撫で回したり……。まるで子供みたいにうれしがっておいでですよ」

「それをまた妙は、ヤジ馬にまじって眺めていたわけだね」

　小宰相がきめつける。

「このところ屋敷のご用を抛《ほう》りだして、ちょくちょく姿が見えなくなると思ったら、浜へ油を売りに行っていたのか。仕様のない娘だねえ」

　嫌味を言われたぐらいで恐れ入る妙ではなかった。

「番匠小屋から火が出て、造りかけのお船があやうく焼けそうになったこともあるのですよお方さま」

　と、刈藻を相手に平気で話しつづけた。

「それは大変。いつごろのことなの？」

「如月《きさらぎ》はじめの風の強い晩でしたと……。半ば近く出来あがっていたので、燃してはならじとみな、死もの狂いになって、どうにか小屋一つ灰にしただけでくい止めたけど、陳棟梁は火の不始末に腹を立てて配下の日本人工匠を一人残らずお払い箱にしてしまったそうですわ」

「失火の責任をとらせたのね。でも腕っこきの匠《たくみ》たちを解雇しては、あとが困るでしょうに……」

「遠国《おんごく》から新しく田舎大工を狩り集めて、どうにか間に合せたようですよ。でも、お方さま、あれは船ではございませんね」

「船でない？　では妙、何なの？」

「まっ赤な、ものすごく大きな蟹《かに》が、鋏《はさみ》を振り立てて天を睨んでいるように見えますわ」

奇抜な比喩《ひゆ》に、小宰相までが吹き出して、人々の胸は、唐船見物への期待にますます膨《ふく》らんだ。

四

しかも船おろしの当日は、朝から雲のかけら一つなく晴れ上り、絶好の行楽日和《びより》となった。

竹ノ御所では、やや窮屈なのを我慢して刈藻と鞠子が同じ輿に共乗りし、脇に引き添って諏訪六郎、背後に古参の女房ら四人がそれぞれ薄ものの被衣《かつぎ》、徒歩《かち》立ちという簡素な行列を組み、定刻よりだいぶ早目に館をあとにしたが、出かける前に、ちょっとした悶着があった。

刈藻が、ほとんど袖を通さぬ仕立ておろし同然なものながら、彼女自身のために作らせた紅《いろ》無しの、地味な夏物の小袿《こうちぎ》を選んで鞠子に着せようとしたことから、

「お方さま。なぜ、そんなくすんだ色合いの召し物を、今日のような晴れの日に姫さまにお着せあそばすのですか？」

「将軍家をはじめ、お偉いかたがたが一堂に会される晴れの日だからこそ、鞠子を目立たせまいとしているのですよ」

小宰相と刈藻の間で、小さな意見のくいちがいが起こったのである。

今年、数えで鞠子は十六歳になり、口つきや仕草にまだ、どこかあどけなさは残るものの、親の欲目を離れてさえ見惚《みと》れるほど匂やかな、気品のある娘に成長していた。

声は相変らず澄み透《とお》って、単調な隠れ里のあけくれを明るませているけれど、今様を歌うのはいつのまにかやめた。

そのかわり手習いや琴など女らしい嗜《たしな》みに身を入れはじめ、召使にまかせてよい裁《た》ち縫いの業《わざ》にまで関心を示して、針や糸を手にするようにもなった。

童女から娘へのそうした微妙な変化が、鞠子の中で何を軸にして遂《と》げられようとして

いるか、母だけに刈藻には、早くから察しがついている。

諏訪六郎雅兼《まさかね》……。忠実な八ツ年上のこの近習への鞠子の感情が、主従の枷《かせ》を越え、幼いころは頼もしい兄、そして今は、慕わしい恋の対象として抑えがたく育って来ているのを、刈藻は彼女もまた、出湯《いでゆ》に全身を浸《ひた》しでもするような暢《の》びやかな、安堵の思いで見守っていたのだ。

六郎の家系は、朝日将軍義仲、その父の帯刀先生《たてわきせんじょう》義賢《よしかた》よりさらに前から代々股肱《ここう》の一人として仕えつづけた家臣の血すじで、刈藻母子との絆《きずな》も深い。

元服したてのころはうなじなどほっそりとした、骨柄《こつがら》のやや華奢《きゃしゃ》にすぎる若者だったが、不断の鍛《きた》えが現れたか二十《はたち》を越し出すころからめきめき筋骨《きんこつ》にたくましさが添い、いかにも武門の育ちらしい容姿さわやかな侍となった。

千寿丸栄実が、彼自身ほとんど関与しない謀叛さわぎに巻き込まれ、虫ケラさながら死に追いやられたことでもわかるように、右幕下頼朝の血をひく源家の嫡統ではあっても、もはや前将軍頼家の遺児たちになど尼御台政子ら幕府の首脳が、一顧《いっこ》もくれないのはあきらかであった。

(まして女だけに、鞠子の存在は日を追って、だれからも忘れられてゆくにちがいない)

家臣に恋し、その妻となってつつましく一生を終えたとしても、目くじらを立てる者はなく、咎める者もないはずである。

（そして、そのような静かな生き方こそが、木曾の滅亡で一族ほとんどを失った諏訪六郎と、日かげ者の鞠子には、もっともふさわしいものなのではないか）

と刈藻は思う。うれしいことに彼女の見るところ、六郎の側も鞠子への愛を一日ましにつのらせ、そのみずからの思いに悩みぬいているようだ。

（苦しむことはないのよ二人とも……。自身の燃えの命ずるまま結ばれておくれ。母はみじん、そなたたちの婚姻に異を唱えません。それどころか力のかぎり、二人の恋を守り通してあげるつもりでいるのですよ）

あからさまに言葉に出しては言わぬまでも、そう固く決意している刈藻とすれば、人の集まる晴れの日であればあるほど、詮索《せんさく》がましい視線の中へ鞠子をつれ出す危険は回避したかった。

できれば留守させたい心境だが、わざわざ将軍家から招きの使者が来、「おん母子、ともども」と念押しされては拒《こば》むわけにいかない。

鞠子本人も妙の目撃談にいたくそそられ、唐船見物の日をこころ待ちしている以上、置いてきぼりは酷《こく》にすぎよう。

（だから、せめて目立たぬようできるだけ地味に、鞠子を装わせたのだ）

と刈藻は言いたい。

「惜しいこと！　姫さまにはお年相応の、はなやかな夏のお召しものが、いくらもございますのに……」

くどくど抗《あらが》っていた小宰相も、しかし結局、刈藻が折れないと知るとあきらめて、

「さあ、そうときまったら急いでお仕度あそばしませ。さぞかし道は混み合っておりましょう。定めのお時刻に遅れでもしたら一大事でございますよ」

心はもう、なかば日の下へ浮かれ出た様子である。

三月から四月はじめにかかるこの季節は「竹の秋」の言葉通り枯れいろ一色となり、竹林に囲まれた竹ノ御所は、輝くばかりな谷々の若葉の萌《も》えの中で、寂寞《じゃくまく》の気配をいっそう深める。

それだけに枯れ葉の重なりから脱《ぬ》け出して、若宮大路へさしかかると、初夏の日ざしの眩《まぶ》しさは輿の中にいてさえ肌に感じられるほどだった。

小宰相が言ったにたがわず、大路は身うごきもままならぬ人出だし、揃ってそれらが浜へ浜へ大蛇のうねりさながら流れて行くのすら刈藻にはそら恐ろしい。

鎌倉はいわずもがな、近郷近在からも今日の船おろしを見るために人が押し寄せ、早

暁から浜では場所の取り合いがはじまっているという。

輿舁《こしか》きどもの足半《あしなか》の下で砂まじりの路面がサクサク小気味よい音を立て、吹き通るそよ風にはひと足ごとに、磯の香りが濃くなって来る。

「お方さま、姫さま、桟敷が見えはじめました。ご用意を……」

諏訪六郎に心づけられて、丈に余る鞠子のみごとな黒髪を刈藻がなでつけるあいだに、輿は張りめぐらされた幔幕《まんまく》の内側に舁き据えられ、引き戸が開かれた。

緒太《おぶと》の金剛草履に足をおろしながら、それとなくあたりへ目をやると、そこは幕僚やその家族らの席らしく、砂地に並べられた床几《しょうぎ》は、ほとんどが人で埋まっている。

「こちらへ……」

刈藻母子が案内されたのは、しかし丸太を組み上げた頑丈な作りの桟敷で、立ったまま人が行き来できるほど床《ゆか》が高い。

小宰相ら供の女房たちは女主人に従って上へあがり、六郎と雑色は輿を床下に曳き入れて砂地にじかにうずくまった。

桟敷の中は広く、床には新しい敷畳《しきだたみ》がいちめんに置かれ、中央のひとところにだけ繧繝縁《うんげんべり》の織物が拡げられている。

（御所さまご夫妻のご座所であろう）

と見て取って、刈藻はできるだけ遠いひと隅に座を占《し》めた。幔幕囲いの床几席とちがって桟敷にはまだ人がまばらにしかいず、こちらの目礼にも儀礼的な会釈《えしゃく》を返してくるだけなのが、かえって刈藻をほっとさせた。

肝腎の唐船はどこにあるのか、桟敷からは見ることができない。

「あ、母さま、あすこよ」

板壁の隙間《すきま》に目を当てて、鞠子がささやき、女房たちがその隙間に打ちかさなって、

「どれどれ……」

ひしめき合うのを、

「やがて渚に曳き出されれば、残るくまなく拝見できますよ」

刈藻は小声でたしなめた。

野島ケ崎、稲村ケ崎……。二つの岬《みさき》に抱《いだ》かれ、とろりと凪《な》いだ由比の入江は、滑川の川尻《じり》に当るひとところだけ白波が目立つほか、琅玕《ろうかん》を張りつめでもしたように動きがなく、潮騒《しおざい》さえ耳に遠い。

海に近く住みながらこもりがちにくらす刈藻には、視野いっぱいな砂地の燦《きらめ》き、水の反射が、目に痛いほど強く感じられる。

幔幕囲いのさらに先は矢来《やらい》で仕切られ、そこは下民らの山だった。やかましい呼び声

で客をひくのは栄螺《さざえ》や蛤《はまぐり》を焼きたてて、にわか商《あきない》をもくろむ漁師どもだし、松林では持参の弁当を開き、竹筒《たけづつ》の酒をくみかわしている親子づれまで見える。だれもが遊山《ゆさん》気分の浮かれごこちらしい。

太陽は頭上にさしかかり、そろそろ午《うま》ノ正刻《しょうこく》と思えるころ、檳榔《びろう》毛《げ》の車に奥方と同車して三代将軍実朝が到着した。船おろしの始まりの、それが合図でもあるかのように、渚をどよもして、

「わあああ」

諸声《もろごえ》の喚声が湧き、祭りの雰囲気は高潮する……。若い将軍は、うれしさを無理にこらえて、わざとのようなまじめ顔をとりつくろい、ずかずか無雑作に桟敷にあがって来た。

奥方がつづき、執権北条義時がつづき、将軍の側室や召使う上﨟・近習らがあとに従ったので、さしも広い桟敷もたちまち空席が塞がってしまった。

左金吾頼家が将軍位に在ったころ、刈藻はまだ当時、千幡君《せんまんぎみ》の童名で呼ばれていた実朝を、儀式や御所での内々《うちうち》の遊びの席で時おり見かけたことがある。おとなしいといえばいえるが、そのころから兄の頼家にくらべて、格段に潑溂《はつらつ》さに欠けた少年だった。

（もう今は、二十五、六におなりのはずだが……）

貫禄は不足しているし、どこか陰気な、弱々しい印象は子供時代と大差ない。幼時、かなり重い痘瘡《とうそう》を病み、顔面に痘痕《あばた》が残った。目鼻だちはさして醜くないのに、実朝の挙措に若者らしからぬ暗い、優柔《ゆうじゅう》の気配がただようのは、この痘痕へのひけめのせいかとも刈藻は思う。

似たもの夫婦で、奥方がまた、陶製の置物を見るような冷たい、無感動、無感覚な目鼻だちの女であった。実朝が兄頼家のあとを継いで将軍職に就いたのを機《しお》に、嫁取り話が持ち上り、母の尼御台は強力に、

「足利義兼の娘をおもらい」

と、すすめた。尼御台政子の妹が足利家に嫁して生んだ娘だから、実朝と結ばれれば従兄妹《いとこ》同士の結婚となる。

貴族社会に病的なまでのあこがれを抱き、その一員に組み入れられたいと熱望していた実朝は、

「ごめんこうむります。むくつけな坂東武者の娘など、わたしの好みに合いません」

言い出したら片意地になる気質をあらわにして拒絶し、京都からうやうやしく迎え入れた公卿のお姫さま——坊門《ぼうもん》前大納言信清《のぶきよ》卿のご息女が、いま実朝と並んで敷物に着座した奥方なのである。

この女性には、今日はじめて見参した刈藻だが、嵩《かさ》ばった装束の中に隠れてしまいそうなほど体軀が小さく、顔つきも子供じみて稚《おさな》いくせに、稚いまま妙に老《ふ》けて、萎《しな》びはじめて来ているちぐはぐさ……。しかもそこが、夫君の実朝とふしぎなくらい似かよっているのも奇妙な感じなのであった。

自席を立って、つぎつぎに人々が将軍夫妻の前に出て行くのは、招待の礼を述べるためだろう。刈藻も挨拶しなければ礼を失すると思い、気の重いのを我慢して、

「さあ、あなたも一緒に……」

鞠子をうながしながら御前へ進んだ。

実朝はしかし、だれの、どんな丁重な口上にも、

「あ、よく来てくれたね。ありがとう」

判で押したような通り一遍の応答をくり返すだけだし、奥方は放心したようなまなざしを沖に投げたまま会釈ひとつしない。刈藻母子にも同様だったのが、むしろ救われた気がして、早々に二人は桟敷の片隅へもどった。

そんな将軍夫妻よりも、北条義時の視線こそが刈藻には気になったけれども、夢中だったので彼がどのような目でこちらを観察していたか、そこまで見とどけるゆとりはなかった。

会わずに済むものならば、だれよりも会いたくないと内心、恐れていた尼御台所政子は、なぜか今日の盛儀に姿を見せていない。小宰相が、

「そのはずでございますよお方さま、おん母御台は唐船を造って宋国へ渡るなど、もってのほかと、えらくご立腹あそばし、中止せねば母は自害するとまで御所さまをお諫めなされたとか。ですから船おろしの式などをのめのめ見物に参られるはずはございません」

小声で耳打ちするのを聞けば、刈藻にもなるほどと合点がゆくのである。

五

作事奉行が桟敷の下に歩み寄って、将軍家から労《ねぎら》いの言葉をいただき、つづいては棟梁の陳和卿が進み出て、巧みな日本語をあやつりながらひとわたり船匠どもを前に訓示を垂れた。

今日を晴れとばかり着かざったのだろう、陳の服装こそ見ものであった。短い纓《えい》が角《つの》みたいに左右に突き出た漆沙《しっしゃ》の唐冠《とうかん》、胸に華文《かもん》の繡《ぬい》をほどこした羅《うすもの》の袍《ほう》、出っぱった太鼓腹の中ほどを黒革の玉帯《ぎょくたい》で締め、采配のつもりか手に絹張りの唐扇《とうせん》までにぎりし

めた容態は、どう割り引いて眺めても中華の大官である。ぶっくりふくらんだ両の頬、栃《とち》の実を嵌《は》めこんだような団子《だんご》鼻、目は糸さながら顔面の筋肉に埋もれて在りどころが定かでない。上《うわ》べだけは邪気のない福相に見えるが、尊大不遜な得意顔がどことなく憎々しい。

その陳の、えばりくさった訓示が終ると、ちょうど正、午ノ刻――。干潮時を期していよいよ待望の船おろしが開始された。

諸大名から召集した六百人にも及ぶ人夫が、二本の太綱に取りつき、二手に分かれて曳きはじめる……。綱の一方の端は船の舳《みよし》に結びつけられているようだ。

「えいえい、えいえい」

掛け声に合せて砂上に敷かれた転木《ころ》が回転し、待つまもなく巨大な唐船が桟敷の斜め前に姿を現した。

「ひゃあ動いた。動き出したぞう」

海鳴りさながら下民どものわめきが湧き上り、矢来に沿《そ》って右へ左へ揺れ返す。

刈藻母子はおどろきの余り声も出ない。ごくたまさか金沢六浦《むつら》の港に宋国の商人船が入ることがあるそうだが、艫《とも》と舳《みよし》がいちじるしく高く、鶺鴒《せきれい》の尾のように反り尖《と》がったこんな珍しい唐船を見るのは、だれしも生まれてはじめてであった。

長さ十五丈、幅二十五尺、深さ三十尺、ほぼ百八十人乗りの大船だという。舷側は朱で塗られ、白く縁《ふち》取った櫓穴《ろあな》から片がわだけでも二十挺もの櫓の先が出ている。二人がかりの四十挺櫓……。櫓をあやつるだけで八十人の水夫《かこ》が要《い》る。

そのほか舵《かじ》取り、帆掛り、走り下僕《しもべ》、厨房《ちゅうぼう》に詰める料理人、医師や呪師《ずし》まで乗せると、およそに見つもっても百二十人の人員だし、そこに将軍家はじめ随行の侍がざっと六、七十人加わるとなれば、これでもぎりぎりの大きさなのだろう。

帆柱は前とうしろに二本も立ち、張られた帆も、和様の蓆《むしろ》帆とはまるで強度のちがう笹と芦《あし》の繊維で織った網代《あじろ》帆である。これを竹の枠《わく》に縫いつけ、綱で上下に折りたたんで開けたり閉じたりする仕組みだから、どんな荒暴雨《あらし》が来ようと破れる気づかいはない。

船尾に近くそそり立つ建物は、宋国風には廥屋《きょうおく》、日本では艫楼《ともやぐら》と称する物見《ものみ》の塔だ。軍船などに取りつけるけれども、この唐船の場合は楼の上に、御殿さながら朱塗りの欄干をめぐらし、四隅には三角型の錦《にしき》の小旗をひらめかしている。

舳につけた車輪も、なじみのないものだった。ロクロといい、碇綱《いかり》や帆綱を巻き取る道具だという。

それより何より刈藻たち見物人の目を奪ったのは、舳の戸立て板、艫の真向き板、舷側や波よけの板々に、緑青《ろくしょう》・群青《ぐんじょう》・胡粉《ごふん》・丹《に》などさまざまな岩絵具で、すきまなく描き立てられた文様《もんよう》のけばけばしさだった。

牡丹《ぼたん》がある。宝相華《ほうそうげ》がある。鳳凰《ほうおう》がある。飛天《ひてん》の図もある。舳の戸立て板には魔除けの鬼面が上下の牙《きば》を喰《く》いしめている。木地《きじ》のまま、飾りらしいものをほとんどほどこさない簡素な和船を見馴れた目には、毒々しくさえ感じられるほどの色彩の氾濫《はんらん》なのだ。

「大きな蟹が、二つの鋏をふり立てて天を睨んでいるようです」

と、召使の妙は形容したけれど、蟹よりもっとものすごい怪物が、中天にくるめく太陽を威嚇しているかのように刈藻には思えた。

じりり、じりり、太綱に曳かれて巨船は身じろぎ、わずかずつ前進する。一本一本、そのたびに船底から抜け出す転木《ころ》を、人夫が肩に引きかついで前へ移し、船体を波打ちぎわへと誘導してゆく。汗みどろなその作業は、炎暑の下、獲物を巣穴に曳こうとするおびただしい蟻の動きに似ていた。

……やがて、唐船は舳から水に入り、転木に乗りながら海上へ出た。

二本の曳き綱の一方を、三百人もの人数が握っているため、先端の人夫はすでに胸まで波に洗われている。綱と綱の角度が拡がれば牽引力は落ちる。転木が波に躍り、それを抑えつけるべく両端に乗った人夫の身体までが浮き上ってしまっては、もはや曳くに曳けない。

「訝《おか》しいねえ鞠子」

「もうそろそろ浮かぶはずよねえ」

刈藻母子のささやきは、見物人のだれもの胸中にきざした疑問だった。

「どうしたあ、その船」

「根がはえちまったのかよう」

あざけりの声に苛《いら》だって、作事奉行が陳和卿を難詰するが、宋人の棟梁は事もなげに、

「高さ三十尺の巨船じゃで、あのぐらいの深さではまだ無理じゃ。潮が満つるまでお待ちなされ」

平然と顎《あご》を撫でる。

「潮がさせば浮くと申すのか?」

「さよう。あらかじめ干満の差を計り、引き潮どきを狙って人の背の立つぎりぎりまで船を沖合いに曳き出させたのでござる。おっつけ満潮となれば水の力で、ひとりでに船は浮き申すわ」

……それからの時間の経過の遅さといったらなかった。桟敷では御所の下仕えの手で麦粉を型ぬきした干菓子や冷やし蜜煎《みせん》の碗が配られたが、ささやかな茶請《う》けを食べつく

しても潮は一向に満ちてこない。

稲村ケ崎の背後に日が沈み、黄金色《こがねいろ》の残照に波がしらがまぶしく染まっても、船は前のめりに固定したままビクリとも動かず、ようやく潮がさしはじめて来てさえ浮き上る気配を見せなかった。

「言語道断！　このまま手をつかねていたら刻々水位は上昇する。櫓穴からまず水が流れこみ、船は浸水して使いものにならなくなるぞッ」

桟敷も床几もが総立ちとなり、作事奉行は狼狽して人夫どもを叱咤《しった》した。

「艫の真向き板に角材をあてて押しまくれッ」

「そんな無茶をすれば真向き板がこわれます」

「かまわん。大事の前の小事だッ。このさい一間《けん》でも二間でも船を深みに押し出すこそ急務だぞッ」

そこで侍どもまでが人夫に加勢し、えいえい声を振り絞ったのだが、かえってこの力が裏目に出た。ほんのわずか動いたと見えた瞬間、船底が砂にめり込んだか、それとも水中の岩を嚙んだか、ガリリッと異様な音がして、船は大きく右へ傾いてしまったのである。

六

矢来の一部を押し破って、番卒の怒号も制止もきかずに、このとき十四、五人もの男たちが波打ち際目ざして駆け込んで来た。

作事奉行をとりかこみ、くちぐちに彼らはわめき立てている。

(何者だろう。なにを訴えているのだろう)

意外な事の成り行きに刈藻が胆をつぶし、鞠子の片手を握りしめながら男どもを見やる内に、

「申しあげますッ」

桟敷下《した》へ作事奉行が走って来て、手すり越しに将軍を見あげながら報告しだした。すさまじく形相が変っている。

「かしこに控えさせた男どもは、失火の責任を問われ、陳棟梁に解雇された日本人の船大工どもですが、彼らの申し条によればあの唐船には細工がほどこされ、はじめから浮かばぬよう造られているらしいとのことでございますッ」

それが真実なら容易ならぬ企みだ。だれよりも激昂し、憤怒の塊になってよいはずの

実朝が、

「わかるのか？　外から見てそんなことが……」

思いのほか平静な語調で反問したのが、刈藻には腑に落ちなかった。

「はじめ日本の番匠らが陳に見せられた図面では、石数《こくすう》三千石、重さ五万貫の船であったよし……。ところがいま見れば、その倍にも重さが増えているようだと申しております」

「可能なのかな。でも、そんなことが……」

「素人目《しろうとめ》には外見だけでは判じかねるけれども、重ければ重いなりに船の沈みは深まります。その深さ、船じたい浮く力、水の深浅をそれぞれに計り、見つきを変えずに重さだけを増すのは、けっしてむずかしい技《わざ》ではないと連中は申しまする」

「ふーん」

「なに故に陳が、かような奸策を用い、大恥覚悟で船おろしを妨害したのか、その真意はわからぬながら、当初よりの図引きを諳《そら》んじ、仕様《しよう》の細部までを呑みこんでいた地元の船大工どもを、一人残らず追い出したのも不審なら、その言い立ての因《もと》となった番匠小屋の火事までが火のけ一つない場所から起きたことも解《げ》せぬ、ご裁断ねがいたいと彼らは訴えて出たのでございます」

蟇《がま》さながら砂上に這いつくばっていた陳和卿が、たまりかねたように口をはさんだ。

「策の、企みのと、とんでもない。日本人大工どもの、それこそ言いがかりじゃ。わしは見かけを変えずに船を重くする技など知りませぬわい」

「黙れ黙れッ」

陳の肩先を、奉行は思いきり蹴りつけた。

「策があろうとなかろうと、船おろしの失敗は衆目の見る通りだ。責めはまぬがれんぞ。おのれッ、引っ立てて行って糺問するッ」

仰のけざまにひっくり返った相手の衿がみを、躍りかかって奉行は締めあげ、力まかせにひきずり起こす。

「よせよ、手荒なことは……。老人だぞ」

と、そんな奉行の逸《はや》りを実朝が抑えた。

「でも……でも上さま、あれほど渡宋を楽しみにしておられたご胸中を思いやると……拙者、残念でなりませぬッ」

「もういい。船はこわれたんだ」

乾いた声で実朝は笑った。

「行けなければ、押して行くこともなかろう。もともと根もない唐人の夢物語ではないか」

　さばさば言ってのけ、浮かばぬ船にも、暮れ色の渚をまだ未練げに走り交す松明《たいまつ》にも、もはや目もくれず、奥方をうながして実朝は桟敷を立った。

　扈従《こじゅう》の男女がいっせいにあとにつづき、刈藻ら供に立たぬ者たちは平伏してそれを見送ったが、ざわめきが遠のいた様子なので顔をあげると、すぐ前に人がいる。狩衣《かりぎぬ》の片膝を床《ゆか》につけた及び腰で、執権北条義時が刈藻母子を見おろしていたのである。

「あ」

　胸もとへ氷のかけらを差し込まれでもしたような衝撃に、刈藻は慄えあがり、あわてていま一度ひれ伏した。鞠子も、小宰相らも同様だった。騒ぎのさいちゅう義時は感情の波立ちをまったく現さぬ冷ややかな横顔を、まっすぐ沖に向けたまま一語も発しなかった。作事奉行らの怒声に増して、義時の沈黙を、

（怖《こわ》い）

　と見ていただけに、将軍とともに去ったとばかり思っていたその人が、急に眼前に近づいた驚きはひと通りでなかった。舌がこわばり、何も言えなくなってしまった刈藻をいたわるように、

「こちらが前将軍の忘れ形見でござるか？」

義時は微笑をにじませた目を鞠子に向けた。

「たしか、鞠子姫とやら仰せられたな」

「はい」

かろうじてうなずく刈藻へ、

「手塩にかけて、よくここまで生《お》い立たせられた。右幕下の血をひく正嫡の姫君……。くれぐれも大切にかしずきめされよ」

それだけ言って義時は立ち、実朝の行列を追うように足ばやに桟敷を出て行った。仕立ておろしらしい狩衣の、絹地特有なすがすがしい匂いが、義時の身じろぎにつれてさッと嗅覚をかすめ、刈藻をいっそうの恐れに突き落とした。

(これは、どういうことなのか?)

言葉はおろか、日ごろ音信ひとつ交したことのない義時が、なぜ今日、ことさらしく居残って、母子にものを言いかけてきたのか。その話題が鞠子にかかわることだったのも、刈藻にすれば気がかりでならない。

「お方さま、もうだれもいなくなりました。わたくしどもも引きあげねば……」

小宰相のうながしに、刈藻は現実に引きもどされ、急いで席を立ったが、鉛の玉でも呑まされたように重くるしく胸が塞《ふさ》いだ。

階段の下には諏訪六郎や下部《しもべ》らが案じ顔で待っていた。輿に移り、来たときと同じくそれが舁《か》き出されて、大路の雑沓に混ざり込むと、

「まったく、さんざんな船おろしだったよなあ」

前後左右、見物帰りの下民らの愚痴《ぐち》や憤懣《ふんまん》でたちまち埋まった。

「まる一日、とんだ暇《ひま》つぶしをさせられたものじゃ。商売を休んでまで見に来たというのによ」

「どでかい船を、造ったとたんにぶちこわすとは……。無駄金もよいところじゃ。これもみんな、わしらのふところからむしり取った年貢であろうに……」

「あの竜宮城みたような唐船がぽっかり海上に浮かんで、あちらこちら由比の入江を漕ぎ廻ってでもくれたら、ちっとは見物に来た甲斐もあったろうに、なあ」

紫色に暮れきった広い砂浜や松林にも、一ノ鳥居からまっすぐ八幡宮の社殿へと伸びる大路にも、今宵は篝火《かがりび》が点々と焚かれ、献燈にまで灯《ひ》が入って、家へ向かう人々の、失望と汗にギラつく額をうっすら明るませている。

「しばらく……。刈藻のおん方、しばらく」

と野太い声で呼びとめられたのは、竹ノ御所の一行がやっと大路の人いきれから脱け出しかけたときだった。

諏訪六郎が振り返って、

「おお、いつぞやお越しのご坊さまでござりますな」

声をあげる。釣られて刈藻も、輿の引き戸から顔を覗かせた。

「よう覚えていてくだされた。いかにも八幡宮の社僧、忍寂《にんじゃく》でござるよ」

と、ずかずか輿脇に寄って来るなり、

「桟敷におられたおん母子を、拙僧、遠目に見ておって、姫さまの成人ぶりに舌を巻きました。いや、美しくなられたなあ」

あたりの目も耳もとんじゃくなく忍寂は褒めあげる。

「では、あなたさまも船おろしをごらんになっておられたのですか？」

「さようじゃよ、お方さま。拙僧これから志賀へまいるが、唐船の進水とは稀代の見ものじゃ。話の種と思うて半日、出立を遅らせ、矢来の外に立ちつづけておったに……はははは、あの体《てい》たらくには呆れたなあ」

なるほど忍寂は、旅ごしらえに身を固めている。

「志賀へは何しに？」

「園城寺《おんじょうじ》で勉学中の公暁《くぎょう》どのを迎えに行きますのじゃ。八幡宮の別当定暁阿闍梨《じょうぎょうあじゃり》が病いにかかられ、辞意をもらされておるのでな。尼御台の仰せにて、公暁どのを後任に据える運びとなったのでござるよ」

「それはそれは、めでたいことでございます。早いもので、別宴の晩からかぞえると、いつのまにやら六年もの歳月がすぎ去りました。公暁さまはそのあいだ、すこやかにおくらしでいらっしゃいましたか？」

「八幡宮へもめったに便りをよこさぬが、達者は達者らしゅうござる」

「鞠子、聞きましたか？」

見返る母のうしろから、

「うれしゅうございます」

わずかに半身をのぞかせて、鞠子も忍寂へほほえみかけた。

「もうじき、また、公暁兄さまにお目にかかることができるのですね」

改めて、つくづくその顔を忍寂はみつめ直しながら、

「まちがいござらん」

劣らぬ笑顔で、大きく幾度もうなずいた。

「まちがいない、とは？」

いぶかる刈藻に、彼は告げた。

「六年前、別当坊での別宴のあと帰館なさる姫さまを送って、拙僧、竹ノ御所へ参上し

た。あのとき『頼家卿の四人の遺児のうち、当家の姫君のみ、行く末お命が長かろう』と占い申したのを、お忘れではござるまいな」

「おぼえております」

低く、刈藻は応じた。何を言い出そうとする忍寂なのか、その唇の動きをまともに見る勇気はなかった。

「およろこびめされ」

相手の不安を打ち消すように、忍寂はいそいで言い足した。

「別宴の夜には、ほのかな寿相《じゅそう》を看取したにすぎぬ。しかし本日、浜での遠目《とおめ》ながら打ち見たところ、姫さまのご相に、なみなみならぬ開運の兆《きざし》が現れておった。そこで、半日遅れの旅立ちに気は急《せ》き切っていたなれど、こうしてお帰りの輿を追うてまいり、ちかぢかといま一度、拝見して、浜での観相にあやまりのないのを確かめたのでござるよ」

「ご親切、かたじけのうぞんじます」

胸をなでおろす思いで刈藻は問いかけた。

「して、開運とは、どのような?」

「さてなあ、拙僧にもそこまでは判りませせぬ。ただ、底光る白珠さながら、何かこう、じんわりと、内からの輝きがお相の上に滲《にじ》み出ておる。まさしく吉瑞《きちずい》……。めでたい知らせの前触れにちがいござらん」

　頬を赧《あから》めて鞠子はうつむき、諏訪六郎もうっすら耳たぶを染めた。胸の奥底の秘めごとを忍寂に言い当てられた気がして、ふと、うろたえたらしい。若い二人の初心な羞《はにか》みぶりが、刈藻はいとしくてならない。

「では拙僧は出かけますぞ。今日の、浜でのいちぶしじゅうを土産《みやげ》話にいたしたら、公暁どのがなんと嘲《あざけ》られるか、聞きものじゃな」

　肩をゆすりゆすり去って行く忍寂のうしろ影へ、

「旅中のご無事を念じております」

　輿の中から、刈藻は小さなつぶやきを投げた。

かげろうの女

一

かならずしも巫女《みこ》・相人らの託宣や予言を、刈藻《かるも》は信じているわけではない。しかし、「左金吾将軍の忘れ形見のうち、男児はことごとく二十前《はたち》に死去し、鞠子《まりこ》姫ご一人《いちにん》のみ生きながらえよう」

との六年前の忍寂《にんじゃく》の言葉は、すくなくとも千寿丸栄実《えいじつ》にかぎっていえば的中したことになる。

「凶兆は、はずれてほしい。吉事だけ当ってほしい」

と願うのは、虫がよすぎるかもしれないけれど、刈藻にすれば鞠子にかぎらず、ほかの二人の異母兄弟もできるだけ長寿を保って、それなりの運を開いてほしいのだ。

でも、何といってもさし当っては、鞠子の仕合せをこそまっ先に実現させてやりたい。

「寿相ばかりか、めでたい吉瑞までがご相に現れた」

と忍寂は言い、鞠子と六郎はそれを彼らの身の上にあてはめて考えたようだが、刈藻の思いもまったく同じだった。

隠れ里にもひとしい谷《やつ》の奥の、竹の茂みに覆われた古御所でくらす鞠子に、六郎との結びつき以上の、どのような幸福がもたらされるというのか。

だれの目にさえ似合いとうつる若者同士が、魅《ひ》かれ合い、恋し合って一つになる仕合せの、上を越す幸福など世にあろうか。

刈藻は彼女自身が、捕われの身となって鎌倉に曳かれ、敗死した父義仲《よしなか》の罪科をつぐなわされる形で敵側の御曹司《おんぞうし》頼家《よりいえ》の閨《ねや》に送り込まれて、愛情もないまま子を生まされた過去を持つだけに、鞠子にだけは、けっしてその轍《てつ》を踏ませまいと誓っている。

おびただしい側室の中で、頼家の寵を独り占めしていたのは、いちはやく嫡男の一幡《いちまん》を儲け、実家比企《ひき》氏の強大な威勢を背に負ってもいた若狭局《わかさのつぼね》だが、一人の権力者にかしずいて、大ぜいに分け与えられるお情けの、わずかなおこぼれに縋《すが》りついて生きるみじめさも、

新装版 マンガ日本の歴史 20 内憂外患と天保の改革
石ノ森章太郎
【全27巻】以下続刊

将軍家斉のもと商工業が発展し始めるが、飢饉が続き大塩の乱が起こる。清が英国に降伏するなど外患も深まるなか水野忠邦は天保の改革で内政立て直しを図る。

●924円

戦国鬼譚 惨
伊東 潤

命、家族、財産、名誉。極限状態での武士たちは何を守り、何を捨てなければならないのか。武田家滅亡期を舞台に、人間の本性を暴く五篇の衝撃作。

●792円

たそがれてゆく子さん
伊藤比呂美

親の介護と子育てを終えたら、夫の看取りが待っていた。寂しくても、ずんずん歩いてゆきましょう。秀逸な語りに生きる勇気が湧いてくる、言葉の道しるべ。

●748円

作家と家元
立川談志
没後10年

吉行淳之介、色川武大、石原慎太郎、伊集院静など、天才落語家が夜ごと語り合った作家たちとの対談・エッセイを集めたオリジナル編集。立川談志没後10年。

●990円

雨上がり月霞む夜
西條奈加

幼馴染の秋成と雨月は、人間の言葉を話す兎との出会いから、さまざまな変事に巻き込まれ――。直木賞作家が『雨月物語』をモチーフに描く切ない連作短編集。

●792円

江戸の雷神
鈴木英治

敵意

書き下ろし

不首尾に終わった捕物の責を負わされ、火盗改役を罷免された雷蔵。元盗賊「匠小僧」や訳ありの剣の達人・六右衛門らと江戸の「浄化」に動き出したが……。

●770円

えちごトキめき鉄道殺人事件
西村京太郎

〈えちごトキめき鉄道・日本海ひすいライン〉の泊駅で起きた毒殺事件。被害者は、5年前の副総理暗殺事件の担当刑事で、退職してまで犯人を追っていた。

●726円

中央公論新社　http://www.chuko.co.jp/
〒100-8152 東京都千代田区大手町1-7-1 ☎03-5299-1730(販売)
◎表示価格は消費税(10%)を含みます。◎本紙の内容は変更になる場合があります。

（こんりんざい、鞠子には味わわせまい）

と、刈藻は決意していた。

身分など家臣でよい。おたがいに、めぐり合えたよろこびを終生感謝しながらすごせる夫婦なら、たとえ稗粥《ひえがゆ》をすすっても王侯貴族のくらしにまさるはずである。

（鞠子と六郎ならば、そのような仕合せを築きあげることができる）

刈藻は確信し、あたうかぎりの力を二人のために貸してやりたいと願う。

（忍寂どのの言った開運の兆とやらが、鞠子の相から消えぬうちに……）

とも焦《あせ》ったのは、あの船おろしの日、桟敷で北条義時に声をかけられたからだった。世間から忘れられたも同然な母と子に、なぜ今をときめく執権が近づいたのか。その場かぎりの同情か……。

（それとも何ぞ、底意があってのことだろうか？）

推量できかねるだけに気味がわるい。

（つまらぬ横槍がはいらぬうちに、六郎のたくましい双腕《もろうで》に鞠子をあずけてしまうほうがよい）

そう判断して、刈藻はまず女房筆頭の小宰相《こざいしょう》に、

「二人の仲は、そなたもうすうす気づいているはず……。祝言させたいが、同心してく

れますか？」

　と相談を持ちかけた。

　ところが、一も二もなく賛意を示すと思った小宰相が、意外な故障を口にしたのである。

「仰せまでもなく、この上ないご縁組みとぞんじます。ただしお方《かた》さま、ご婚儀に先立って、ぜひともしていただかねばならぬ一事がございます」

　突きつめた目の色に、刈藻は啞然となった。

「どういうこと？　言ってください小宰相」

「妙《たえ》の始末でございますよ」

「妙⁉　鞠子の侍女の妙ですか？」

「あの女は六郎どのに恋着いたしております。姫さまと六郎どのが祝言なさったら、嫉妬に狂って何を仕出かすかわかりません。やりかねない気性の激しい女でございますもの。妙をまず、ご当家から追い払ってしまってくださいませ。さもないと、とんでもない禍事《まがごと》が持ち上りそうな予感がいたします」

　言われてみれば、これまでにも不審なことが幾度か起こっている。

　鞠子の寝具の中から小蛇が発見されたときも、とうとう下手人はわからずじまいだっ

たが、小宰相ら古参の女房たちは、

「妙の嫌がらせではありますまいか」

疑った。

なんの気もなく床《とこ》に入りかけた鞠子は、素足に触れてうごめく冷たい感触に、

「おや？」

掛け夜着をめくって見、そのまま悲鳴をあげて卒倒したのである。さいわい毒のある蛇ではなかった。藪でしばしば見かける地《じ》むぐりという小蛇であった。それでも鞠子はしばらく寝ついて、半病人のありさまになったし、妙は妙で、

「めったな事を言わないでください。わたしがやったという証拠でもあるんですか」

小宰相らにくってかかった。

「地むぐりは暖かいところが好きだから、勝手に姫さまのお床の中に這い込んだんでしよ。濡れぎぬを着せられるなんて心外だわ」

鞠子の小袖の胸もとに、長い絎針《くけばり》が潜んでいて、あぶなく乳に突き刺さりかけたこともある。でも、このときも妙は血相をかえて、自分は知らぬと言い張った。

「縫女《ぬいめ》の粗相《そそう》でしょう。きまってますよ」

「新調なら針を縫いこめることもあろうけれど、何度もお召しになっている小袖から、

今ごろ針が出るなんて胡乱《うろん》ではないか」

「とにかくわたしには関《かか》わりないことです。小宰相どのが何かにつけてわたしを悪者にしたがるのは、遺恨でもあるからですか」

やり口が巧妙なため手証《てしょう》が摑めず、どんな場合も結局うやむやのまま片づけられて、妙を現在まで置いておくはめになったが、

「ご祝言が、よい見切りどきでございます。叩き出しておしまいなされませ」

小宰相は息巻く。

「姫さまには、へたをすれば大事にも至りかねぬ性悪《しょうわる》な企みを仕かけながら、六郎どのにはべたべたとはた目にも笑止なほどまとわりついて、刀の下緒《さげお》がちょっと古びたと見れば買って来て贈る、お髪《ぐし》がそそければ撫でつけようとする……。それをうるさがって六郎どのが避ければ避けるほど、のぼせ上って追い廻す始末……。あの女を何とかせぬかぎりご婚儀はあげられませぬよお方さま」

「だけど、追い出しなどすればなおさら恨んで、どのような仕返しに出るかわかりますまい。気は強いけど悧口な娘です。わたしが事をわけて話しましょう。そして穏便に、当家から暇を取ってくれるよう頼んでみます」

「そのおやさしさが、かえって仇になったのです。もともと腹をすかせて門前に行き倒

れていた素姓もわからぬ乞食尼……。食べものを与えて出してしまえばよかったものを、還俗《げんぞく》したい、ご奉公したいという妙の図々しい請《こ》いを容《い》れて召し使われたのが災《わざわい》のもとでした。はじめからわたくしは、油断のならぬ小娘だと妙を見ていましたけれど、やはりその通りでございました」

「とにかく話してみぬことには……」

「どう仰せられようと、六郎どのがここにいるかぎり素直《すなお》に出て行くとは思えません」

「それなら事を荒立てずに、今まで通り召し使ってやるほか、手だてはないということになります」

「とんでもない。家内《やうち》に狼を飼っておくようなものでございますよ。妙を出してしまわぬかぎり、姫さまと六郎どのの婚礼には女房一同、同意いたしかねます」

生来、そりの合わない小宰相と妙だ。蛇にしろ針の件にしろ、頭から妙の仕業《しわざ》と決めてかかって、小宰相には相手の弁明など聞く耳持たぬ嫌いがなくもない。

刈藻の前では、六郎にこびる素振りなど妙はいささかも見せないし、まめまめしく鞠子に仕えて、むしろ気に入られている日常である。

「そこがあの娘のしたたかなところなのです。上手に猫をかぶって、お方さまや姫さまのお目をくらましているのでございますよ」

と小宰相の大げさな口にかかれば、すべてが悪くとられてしまうのだった。

二

だが、「案ずるより産むが易い」とは、このことであった。刈藻が私室へ妙を呼び入れ、愛し合っている者同士、縁を結ばせてやりたいとありのまま打ちあけて、

「知っての通り修禅寺にて、あえなく討たれ給うた左金吾将軍の遺児……。日かげ者にひとしい鞠子には、六郎を夫に持つ以上の仕合せなど到底望むべくもないのです。せめてこの家で親子夫婦水入らずのつつましい明けくれを楽しませてやりたい……。聞けばそなたも、六郎を好いているそうだし、その思いを断ち切れと求めるむごさは重々承知しているけれど、どうぞ、わたしの親ごころを察して、六郎のことはあきらめておくれ」

誠心誠意たのむのを、

「お方さま、おつむりなどおさげあそばしては困りますわ」

当惑の体《てい》で妙は押しとどめたのである。

「おっしゃる通り、わたしは六郎どのに恋しています。眉目《びもく》といい姿恰好《かっこう》といい、男ら

しく引き緊《しま》ったほれぼれするような殿御《とのご》ですもの……。わたしだけではありませんよ。小宰相さまみたいなご老女は別として、屋敷中の女が水汲みの婢《はした》まで、六郎どのに熱をあげてますわ。でも肝腎の六郎どのがわたしらになんぞ目もくれません。もうもう姫さまひと筋の打ち込みよう……。ほほほ、嫉《や》けるったらないんです」

虚勢か本心か、カラリと言ってのけ、笑い声さえ立てるのだ。

「身分のちがいは心得てます。六郎どのは木曾の御家臣を先祖に持つ歴《れき》としたお侍、わたしは捨て子の尼あがり……。相手にされなくったって恨む筋合いはありません。でもね、お方さま、生き身の女ですから六郎どのと姫さまが晴れて祝言あそばし、むつまじいおん仲を見せつけられれば、わたしだって胆《きも》が煮えますわ。お名残《なご》り惜しゅうございますけど、お暇《ひま》をとらせていただきます」

肩の重荷をいきなりはずされたような安堵をおぼえて、刈藻はつい知らず、

「ありがとう。恩に着ますよ」

妙の両手をにぎりしめ、押し頂いてしまった。

「だけどお前、ここを出て、行く先の当てはあるの？」

「鎌倉は将軍さまのお膝もと。諸国入りごみの繁華《はんか》な町ですから、身の振り方ぐらいいくらでもつくでしょう」

「当座、困らぬよう物代《ものしろ》はたっぷりあげます。せめてそれで、堪忍しておくれ」

「お礼申しますお方さま、行き倒れていたところを助けてくださったご恩は、六年たった今も忘れてはいません。お別れしてからも一生、忘れはいたしませんよ」

殊勝《しゅしょう》な挨拶を聞かされれば、小宰相の誹謗《ひぼう》が極端だったのではないかと、刈藻は妙の解雇を悔いもする。

しかし砂金の袋やら衣類やら、持ち切れないほどの貰い物をかかえ、どこへ行くとも告げずに妙が去ったあと、事の顚末《てんまつ》を六郎に語ると、

「適切なご判断でござりました」

彼がまったく小宰相と同じ気持でいたことがわかった。

「邪悪、と決めつけるのは酷にすぎましょうが、いったん思いつめたら最後、どこまでもその我執をつらぬき通そうとする厄介な気質の持ちぬしでございます。拙者もほとほと手こずり切りましたが、たかが女子《おなご》……。それも十九か二十にすぎぬ娘の言動をあげつらい、お方さまや姫さまにお愬《うった》え申すのも男らしからぬ仕方と存じて、今日まで差し控えておったのです」

と明かされれば、いまさらながら刈藻はぶきみになり、進んで暇をとった妙の淡白さに、

（なんぞ裏でもあるのではないか）

改めて迷いが生じるのであった。

どうであれ、祝言を急ぐに越したことはない。取り立てて仕度が必要なわけでもなかった。

六郎の身寄りは、わずかな遠縁が木曽に残っているだけだし、鞠子の母方も刈藻のほかにいない。亡父頼家の血筋からいえば、将軍実朝は叔父、尼御台政子は祖母、御台の弟の義時は大叔父というつながりになるが、権力の座に君臨して、姪《めい》とも孫とも鞠子を扱わぬ人々に、その結婚を知らせる気など、はじめから刈藻には無かったのだ。

実朝が由比ケ浜での船おろしに母子を招いてくれたのが、いまなお刈藻にはふしぎな気がする。自慢の唐船を見せたくて、だれかれかまわず呼び迎えた中に、刈藻や鞠子が入っていたにすぎなかろうと解釈しているが、そんなことでもないかぎり思い出してもくれない親族の存在より、たとえひと握りの召使でも、彼らが心から捧げてくれる祝福のほうが、刈藻にははるかにありがたい。

（それで充分だ）

と、彼女は思う。

刈藻が願うのは、ただただ鞠子の仕合せだった。世に忘れられ、疎外されたくらしでも、鞠子が毎日を満ちたりて、静かに、安らかに生きてくれることこそが、刈藻の望みなのである。

よろこびの日のために、それでも鞠子は袿《うちき》と緋の長袴を新調し、六郎はこれも、きりッと折り目の立ったま新しい素袍《すおう》、漆《うるし》つややかな烏帽子に威儀を正して、小宰相ら女房たちが心をこめて作った蓬萊《ほうらい》飾りを背に、夫婦固めの盃を取りかわした。

だからといって、その日から六郎が、竹ノ御所の主人《あるじ》然と振舞いだしたわけではない。寝所を共にし、鞠子の部屋ととなり合って自室を一つしつらえはしたけれども、変化といえばその程度で、刈藻にも鞠子にも、従来の礼儀を崩そうとはしなかった。

親しみはぐんと増したし、夫婦だけでいるときの情愛のこまやかさは、うっかり近づいた刈藻が当てられて逃げ出すほどだった。

奉公人たちにも、これまで通り隔意なく六郎は接したから、老家司《けいし》はじめだれ一人として、その出世を白眼視する者などなかったのである。

ながい、まっ暗な洞窟からようやく脱け出したような安心感に刈藻は浸《ひた》された。娘ざかりを迎えて、めきめき美しさが際立《きわだ》ちはじめた鞠子だが、六郎と契《ちぎ》り、濃密な愛撫に夜ごとくるまれて過ごすようになると、天成の美貌に深みが加わって、なにげない仕草ひとつにも、なまめかしさが匂いこぼれるようになった。

「いつまでもいつまでも、このような日々がつづいてくれますように……。恵まれた平穏が、なにとぞ毀《こわ》れませんように……」

仏間での看経《かんきん》のたびごとに、亡き父母、亡き夫の位牌に刈藻は祈る。指先にささり、時おり思い出したようにチクリと痛む棘《とげ》に似て、そんな刈藻の意識を翳《かげ》らすのは妙の動静であった。

（どうしたか？）

鎌倉の町のどこかに住まっているはずだが、それとなく、下部《しもべ》どもにさぐらせても、消息は絶えたきり、生死すら定かでない。

代りにもたらされたのは、

「公暁《くぎょう》どのがお帰りなされたらしゅうございますぞ」

との風評である。

そして、この噂を裏書きするかのように、やがて竹ノ御所に届けられたのは、

「ひさしぶりに会いたい。花若を誘って遊びに来ないか？」

独特の奔放な達筆で、走り書き同様に記《しる》された公暁からの招きの状だった。

重病の床にあった定暁《じょうぎょう》阿闍梨《あじゃり》が示寂《じじゃく》し、あとを受けて公暁は鶴ケ岡八幡宮の別当職に就任したとも取り沙汰されている。

招かれなくても出向いて、祝いを述べなければならないところなので、異母弟の花若と連絡を取り合い、鞠子はつれだって別当坊に公暁を訪ねた。

「やあ鞠子、きれいになったなあ」

六年ぶりの邂逅《かいこう》で公暁が口にしたこれが、第一声であった。

「年は……ええっと、十六か？」

「はい」

「花若は？」

「十五です」

「もうそろそろ元服だな。父は無くても子は育つ。千寿丸が欠けたのは残念だが、われら三人は百歳までも生きながらえて、世の成り行きをじっくり見とどけてやろうじゃないか」

供をしてもどった社僧の忍寂が、さりげない口ぶりで、

「浜へはお出ましなされませぬのか？」

公暁をうながす。

道中の行き帰りで忍寂は日に灼け、荒法師めいた相貌が一層いかつくなっていた。

「うん、行くとも。下向してからまだ一度も、ゆっくり鎌倉の海を見ていないんだ。お

前たちが来たらさっそく誘い出して、一緒に浜へ出るつもりでいたんだよ」

と、公暁は立つ。

さすがに鶴ケ岡八幡宮の別当職ともなると、格式に準じて待遇は重くなり、中門廊《ちゅうもんろう》の駒寄せに用意されていたのは堂々たる八葉《はちよう》の牛車《ぎっしゃ》であった。

それに共乗りして、ゆったり若宮大路を打たせながらも、公暁は弟妹を相手に喋りやまない。十八歳相応に背丈が伸び、僧形が身について、身分にふさわしい貫禄も備えはじめているが、眼光の鋭さ、驕《おご》った、人もなげな語調は少年の昔と変らなかった。

「おれが今まで勉学していたのは園城寺の明王院というところでね、目の下に琵琶湖が見えるけど、海の雄大さには所詮《しょせん》かなわない。磯の香《か》がかぎたくて、うずうずしてたんだよ」

その言葉にたがわず、浪音が高まりだすとこらえ切れなくなったように、

「ここまででよい。あとは歩く」

公暁は牛車を停めさせ、まっ先に飛びおりて、雑色《ぞうしき》の差し出す履物を蹴散らしざま走り出した。

三

「裸足《はだし》はいけませぬ。貝のカケラでおみ足を傷つけては一大事でござりますぞ」

あたふた追うのを振り切って砂丘へ駆け登り、駆けおりる……。姿は見えなくなったが、とたんに響き渡ったのははけたたましい公暁の笑い声だった。

「やあ、あれか？　あの化け物じみた破《や》れ船《ぶね》が、忍寂の話していた出来そこないの唐船とやらだな」

花若が追いつき、鞠子も六郎に手を曳かれて砂丘を越えた。

兄弟には、それぞれ従者がついて来ていたが、言い合せたように砂丘の裾までで足を止め、あとは三人の自由な逍遥にまかせて、遠くからその動きを見守った。

船おろしの日から四月《よつき》経過して、洋上に拡がる空の色は、仲秋の青さを濃くしはじめていた。しきりに雲が流れ、鞠子の被衣《かつぎ》を飛ばしそうな強い潮風が吹きつける……。

その颪にさからって、

「そうですよ兄上。あれが実朝卿の夢の跡です」

花若が、公暁に劣らぬ大声を張りあげる。

「どういう了見《りょうけん》だろう。なあ、鞠子、花若。実朝叔父の気が知れんじゃないか」

さげすみ笑いの次に公暁が口にしたのは、骨を抉《えぐ》るような罵詈《ばり》だった。

「とっとと焼き捨てさせればよいものを、おのれの愚挙の醜骸《しゅうがい》を、恥かしげもなく衆目に曝《さら》しつづけておくとは……。いかにも歌詠《よ》み将軍らしい思い切りの悪さだな」

さらに近づいてよく見ると、船腹の塗料はところどころ剝《は》げかかり、牡蠣殻《かきがら》や藻をこびりつかせた櫓穴《ろあな》から漁師の子だの野良犬だのが出たり入ったりして遊んでいる。

「鞠子姉さまは船おろしの式に行かれましたか？」

花若に問われて、

「そういえばあなたのお姿を、あの日、桟敷で見かけませんでしたね」

いまさらのように鞠子は気づいた。

「お招きは参ったのでしょう？　将軍家からの……」

「お使者の女房が来たけれど、将軍や執権と同席して、お礼など言上するのも業腹《ごうはら》なので断わりましてね、貴賤入れごみの矢来の陰で、下民どもに混じって見物していたのですよ」

前将軍頼家の気性の激しさは、そっくり公暁に伝わり、容姿はもっとも濃厚に末息子の花若が享《う》けついでいると、鞠子は刈藻から聞かされたおぼえがある。

腺病質そうな、どこか淋しげな花若の横顔を、だから今日も、

（父さまは、こういう目鼻だちでいらしたのか……）

かすかになりかけている頼家の面《おも》ざしと、つい、重ね合せて見る癖がついたが、うわべの相似《そうじ》だけでなく性格の強さまでを、

（じつは、前将軍から譲られて生まれて来た弟なのではないか？）

そんな危惧《きぐ》を抱かされたほど、このときの花若の答は、鞠子の耳に不敵に聞こえた。

「忍寂がおれを園城寺へ迎えにきたとき、船おろしの仕損じを面白おかしく語って聞かせてくれたのでね、眼前に見るようにその日の情景は想像できた。なんでも解雇された地元の船大工どもが、『あの船はわざと総量を重くし、進水させぬよう工作《こうさく》してある』と訴えて出たそうじゃないか」

その、公暁の問いかけにも、

「どうやら連中の言い分は、本当らしいですね」

花若の応じ方は小気味よげだった。

「陳和卿《ちんなけい》という男、平家の南都攻めで焼け落ちた大仏を、みごと鋳《い》たてまつった腕っこきの工匠ということで、当時は肩で風切る勢いだったらしいのです」

「落慶供養の式は、たいへんな盛儀だったそうだな。まだ当時、童形だった頼家卿を

伴《とも》い、大名小名、合せて数万騎を引きつれて右幕下《うばくか》頼朝公は東大寺での法要に参列されたと、乳夫《めのと》の三浦義村がおれにも語ってくれたことがあったよ」

「大仏再建の大事業を推《お》しすすめた大檀那《だんな》ですからね、お祖父《じい》さまは……」

ところが、その日の立役者であった陳和卿は、頼朝に呼ばれ、褒美の品を下賜されたにもかかわらず、

「右幕下というお方は、やれ平家じゃ木曾じゃ九郎判官義経じゃと、数かぎりない殺生のあげく、諸国武家の頭《かしら》にまでのし上ったと聞いたぞ。言うてみりゃ人殺しの張本人。そんな罪深いお人からの賜り物なんぞ、わしゃいらん」

大言壮語して品物を突き返し、取次役《とりつぎやく》の大江広元を手こずらせぬいたのだと、花若は言う。

「そいつは初耳だ。なかなかの土性骨《どしょうぼね》じゃないか、なあ鞠子」

公暁は同意を求めるけれど、

「よくそんな不遜な口をきいて、お咎めを受けませんでしたねえ」

痛快がるどころか、鞠子は呆れる。

「いや、そこが陳の計算の巧みさでしてね、『将軍家の権威に屈せず、よくぞ申した』『坂東武者にもまれな胆力じゃ』と、だれもが舌を巻きました。右幕下も異国人相手に

怒っては大人気《おとなげ》ないと思し召したのでしょう、何のお咎めもなかったから、評判はいやが上にも高まって、公家や諸大名からの招きが引きも切らない。けっく陳は莫大な贈り物をせしめて大儲けしたそうですよ」

「その落慶供養から二十年以上もたった今、なぜのこのこ、陳は鎌倉になどやって来たんだろうなあ」

「食いつめたのでしょう」

細く、折れにくい鋼《はがね》の針のように、かぼそく沈んだ声音《こわね》でいながら、花若の一語一語には聞く者の耳に突き刺さる痛さがあった。

「大仏鋳造の報酬として所領なども下賜されたらしいけど、元来けちくさい性分《しょうぶん》なのですね。わずかな境目《さかいめ》を争って東大寺と気まずくなり、やがては元も子も失って大和の奥へ引っこんでしまったらしいのですよ」

浜にはあちこちに流木が打ち寄せられ、秋の日ざしに乾いている。三人は手ごろなその一本へ並んで腰をおろし、見返ると砂丘の裾では忍寂や諏訪六郎ら従者たちも、日だまりにしゃがんで彼ら同士、何やら雑談に打ち興じていた。

「大仏を造っているさいちゅうも優秀な日本人の鋳物師《いものし》を嫉んで嫌がらせをしたり、そこそ資材を着服したりして、鼻をつままれていた男だったそうです。そんな陳が、実朝将軍に面会を求め、見えすいた作り話で取り入ろうとしたのは、何かもう一度、うまい仕事にありつこうとの下心《したごころ》からではありますまいか」

「腑に落ちないのは、陳の夢物語にばつを合せて、渡宋などという途方もない計画を、実朝叔父が実現させようとしたことだよ花若」

首をかしげる公暁に、

「子供の駄々こねと同じです。本気で宋国へ行く気はなかったと思いますね」

鋭利な刃物で、スッと断ち切るような言い方を花若はした。

「船おろしが失敗したあと、巷《ちまた》では幾通りもの臆測が乱れとびましたが、それらを吟味するとどうも将軍家には、渡宋の意志などはじめから無かったようなのです」

「母御台所や執権義時、大江広元ら、哺育《ほいく》の臣僚たちを困らせてやりたい……。それだけの目的で陳を利用したというわけか」

「陳は陳で、将軍を利用するつもりだったのでしょう。老いて、里ごころがつき、宋国へ帰りたいと思っていたやさきに降って湧いた唐船建造の下命です。せいぜい仏像の新鋳ぐらいを当てにして鎌倉へやって来たのに、ピカピカな新造船に陪乗し、おびただしい礼金をふところに故国へ帰れる……。陳にすれば、信じられないような幸運だったでしょうね」

「それなのになぜ、工匠としての誇りを投げ打ってまで浮かびもせぬ船など造ったのでしょう」

みじめな唐船の残骸を、いぶかしげに見やる鞠子へ、

「欲に転んだんだなあ、おそらく……」

ぶち切る語気で、公暁が断をくだした。

「鼻のきく陳は、中途で勘づいたんだ。実朝叔父が北条氏の操《あやつ》り人形、なんの実権も持たぬお飾り将軍にすぎないことをな」

「そこへ尼御台から圧力がかかった。『船を造ってはならぬ、実朝を渡宋などさせたら、承知せぬぞ』と……」

花若が、口もとに薄ら笑いをうかべながらつづけた。

「将軍から貰いそこなう礼金は、『代りに、尼が出そう、船おろしをしくじれば罰せられるかもしれぬが、命乞いも、尼がしてつかわそう』と、ね」

「まず、真相はその辺だな」

「すかさず陳は乗り替えた。船の重さを倍にして、尼公や重臣らの意向通り進水を失敗させたのに、烈火のごとく怒ると思いのほか将軍もさして立腹しない。足蹴《あしげ》にした作事奉行を、『老人だ、許してやれ』とまでなだめたのですから、陳は内心、狐につままれ

た思いだったでしょうな」

「つまり、お前が想像した通りなんだよ花若。実朝叔父は人さわがせをしたかっただけなんだ。本気で宋へ行こうなどとは思っていなかったんだろうよ」

「陳とやらは、どうなったのでしょう」

兄弟のどちらへともつかずに鞠子が訊《たず》ねたのは、作事奉行ら激昂した近習どもの手で陳が斬られたとも、牢へぶちこまれたとも噂されていたからだが、

「あの晩のうちに逐電《ちくでん》して、行くえ知れずになったそうですよ姉さま。殺されやしませんさ」

確信ありげに花若は保証した。

「いくら何でも将軍家はビタ一文くれてやらなかったらしいけど、尼御台所か広元が、約束通り金を渡していたはずです。肥《ふと》っちょの陳が、砂金の袋で懐中をさらに膨《ふく》らませて、あたふた退散してゆく姿が目に見えるようじゃないですか。ねえ兄さま」

「そうだなあ、約束など、しかし平然と破ってのける連中だからなあ。陳は砂金のサの字も貰えずに、命からがら逃げうせたかもしれないぞ。ははは」

笑いかけた刹那《せつな》、その公暁の背後でバシッとするどい音が炸《はじ》け、反射的に跳《は》ね立って彼はうしろへ身がまえた。

四

砂丘のかなたで忍寂が手を振っている。

「なんだ坊主、石を投げたのか？」

僧形はおたがいさまなのに、公暁はいまいましげに舌打ちし、

「悪戯《いたずら》はよせッ」

大声で叱る。

「悪戯ではござらん。ご帰館をうながす合図の飛礫《つぶて》じゃ。そろそろ夕景……。冷えはじめた浜風をいつまでも浴びておられると風邪を引きますぞ」

と、忍寂も遠くから破れ鐘《や》じみた蛮声を送りつけてきた。

「うるさいなあ、帰るよ」

仕方なさそうに苦笑しながら、

「園城寺にいるあいだ、おれは経文など身を入れては学ばなかったよ」

妹と弟に、公暁は打ちあけた。

「もっぱら励んだのは太刀技《たちわざ》や弓馬の術の習得さ。稽古をつけてくれる悪僧ばらには事

欠かなかったからね」

「どうりで今の身ごなし、目にもとまらぬ早さでしたよ」

「恐れ入ったろう花若。鎌倉へもどっても、別当職などまじめに勤めるつもりはない。じつはおれ、上宮《じょうぐう》の窟《いわや》に参籠《さんろう》して、一千日の祈願を始めようと決意したんだ」

「ご参籠を？」

「公辺《こうへん》へは天下泰平の祈禱と届け出てあるが、真の狙いは実朝と義時の調伏《ちょうぶく》だよ」

思わず鞠子はさけんでしまった。

「そんな兄さま、怖《こわ》いことを……」

「露見するとでも危ぶむのか？　安心しろよ鞠子。僧が窟にこもって神仏に祈誓をこらす……。ごく当り前な行《ぎょう》じゃないか。心中、何を祈ろうと胸の奥所《おくが》まで覗くことは、だれにもできない。呪詛《じゅそ》だと気づく者など一人もおらんよ」

「わたしもご一緒に参籠してはいけませんか」

花若の気負いを、

「それこそ疑われるぞ」

公暁は制した。

「悲劇は千寿丸だけでたくさんだ。事は綿密に、そして果断にやってのけなければいいかも和田や泉の残党が千寿を担《かつ》いで六波羅を攻めたと聞いたとき、不憫《ふびん》とは思いながらもおれはあえて助けに行かなかった。志賀と洛中では道のりもやや離れているし、旗上げの失敗を見越したからだよ。……おれなら、あんなやり方はしない。折りを見すまして、まず一刀のもとに実朝と義時を屠《ほふ》る。挙兵はそれからだ。おれのうしろには乳夫《めのと》の三浦義村——大武族三浦の兵力が控えているのだ。万に一つの仕損じもないよ」

双眸《そうぼう》に火を点じて、公暁は朽ちかけた唐船を睨んだ。

「おれは将軍になる。なって当然だろう？　花若、鞠子……。みずから手をくだしたわけではないにせよ、実朝は弟の分際で兄を弑《しい》し、兄の遺児たちを押しのけて不当に将軍位を奪ってのけたんだ。右幕下頼朝公の正《まさ》しき嫡孫であるこのおれが、奪われた将軍位を奪い返したとて、どこに非がある？」

「ありません。当然ですよ兄上」

言い切る花若のかげに佇《たたず》んで、鞠子は肩先を慄わせていた。被衣《かつぎ》を通してさえ防ぎきれぬほど凪はつめたくなってきているが、凪とは別の恐怖に、骨の髄《ずい》までが凍りつくように思えたのだ。

五

「言うまでもないけれど、今日のこのやり取り、だれにも洩らすな」

公暁は念を押したし、

「むろん、口外などするものですか」

昂然と花若も誓った。

「兄弟三人だけの秘密ですよ。ねえ姉さま」

「え、え、わたくしも……母にだって申しません」

その言葉通り、日ごろ隠しごとをしない鞠子が、母の刈藻はもとより、六郎にさえ浜での会話を打ちあけなかったのは、公暁の口走りが、あまりといえば不穏な内容だったからである。

十五歳の少年にすぎない花若までが、か弱げな見かけの裏に、思いもよらぬしたたかな性根《しょうね》をひそませてい、それが公暁に劣らぬ怨嗟《えんさ》となって、実朝叔父や執権義時に向けられているのを知った今は、

（兄と弟、心を合せて、何をしでかすかわからぬ）

との不安にも苛《さいな》まれて、鞠子はともすると気がそぞろになり、

「どうかしましたか？　近ごろ顔色が冴えないが……」

六郎のいぶかりに、

「いえ、なんでもありません。ご心配なさらないで……」

どぎまぎ、言いまぎらす始末だった。

——ところが、あくる年の春、十六に達したのを機に花若が出家させられ、異母兄の例にならって京へ勉学の旅に出されたことから、鞠子の気がかりは半《なか》ば消えた。

法名は禅暁《ぜんぎょう》……。

この遁世も、祖母である尼御台の計らいで実行に移されたものだという。花若がどのような思いで尼公の命令を聞き、どんな気持で髪を剃りこぼちたか、鞠子には推察できる。

（くやし涙をこらえながら、俗体を捨てたにちがいない）

でも、公暁の激語に煽られて、花若までが危険な野望を抱くのは、何としても止めたい。それでなくてさえ、

「頼家卿の忘れ形見のうち、寿相のほの見えるのは鞠子姫のみ……。三人の男児はことごとく、二十前にてお命を失うであろう」

と占った忍寂の言葉が、

（まさか……）

否定しながらも鞠子の脳裏から去らない。時おり蘇《よみがえ》って彼女を脅《おびや》かす……。

「どうか花若どの、公暁兄さまの激語に操《あやつ》られて、危険な望みを抱くのは止《や》めてください。千寿丸どのの例もあります。仏のみ弟子となった上は、心焔を鎮《しず》めて、修行ひとすじに打ち込んでくれますように……」

そう、ぜひとも訓《さと》したかったが、別れも告げずに旅立ってしまった異母弟である。胸の内を言いやる術《すべ》は無かった。

「ほんとうに、まるで飛ぶ鳥のあわただしさで花若どのは、鎌倉から去って行かれたねえ」

名残《なご》り惜しげに刈藻が言うのは、まだまだ余寒きびしい早春を、京の底冷えの中ではじめて過ごす花若のために、法衣の下に着るものなど二つ三つ縫って持たせてやりたいと思っていたからだった。

千寿丸の母は不幸な事件のあと、洛北のさる尼寺で飾りをおろして、亡息の菩提を弔う毎日だそうだし、花若の生母は半年ほど前に他界した。はかばかしい乳夫《めのと》が後楯《うしろだて》しているの身でもないので、

「ろくろく供もつれずに出立して行ったのではないか」

刈藻は案じもしたけれど、その花若を追うように如月《きさらぎ》はじめ、上洛を触れ出した尼御台政子の行粧《こうそう》は、さすがに段ちがいの立派さであった。

執権義時の弟――したがって尼御台にも弟にあたる相模守北条時房《ときふさ》はじめ、錚々《そうそう》たる宿老・御家人らを従えて京のぼりして行ったが、目的は紀州熊野への参詣だという。

「二度目じゃな」

「さよう、十二、三年前にも尼御台は、熊野へ詣でたことがあった」

「このたびは先に籠《こ》められた宿願の、願ほどきでもあろうか」

沿道で見送った往来の衆は、そんなつぶやきを口にしたし、中には心得顔に、

「いやいや、信心だけではないぞ」

首を振る者もいる。

「尼御台の妹御を娶《めと》った稲毛入道……。存じておろう」

「うむ、もはや亡くなって久しいな」

「この入道夫婦の孫娘が、ちかぢか都へ縁づかれる。なんでも婿《むこ》になるお方は土御門《つちみかど》なにがしとやらいうお公卿《くげ》じゃそうな……。尼公の上洛は、ご縁組みの下準備じゃということだわ」

しかし、諏訪六郎がたしかな筋から聞き出して刈藻に語ったところによると、政子上京の真の目的は、まだほかにもあるようなのだ。

「どうやら将軍家の後嗣選定について、卿《きょう》ノ二位あたりと密談すべく、尼御台は都へおもむかれたらしいのです」

と、六郎は言うのである。

卿ノ二位は太政大臣藤原頼実《よりざね》の後妻……。後鳥羽上皇をお育てした乳母《うば》で、本名を藤原兼子《かねこ》といい、ひじょうな権勢をいま、ほしいままにしている宮廷切っての女傑である。

「男まさりな尼御台とは、かねて肝胆相照らすおん仲であられたようで、鎌倉と朝廷の仲介・周旋の労は、もっぱら卿ノ二位が引き受けていたようでございます」

「では、その女性《にょしょう》に対面して尼公さまは……」

「将来もし、将軍家にあとつぎのご誕生がない場合、上皇のお子の内どなたかおひと方を鎌倉の主《あるじ》に申し受けたいとの、ご相談をあそばすご所存ではありますまいか」

刈藻は、つくづく嘆じた。

「六郎どの、そなたの申す通りならば、尼御台という方は、なんともふしぎなお方だことねえ」

なるほど将軍実朝と奥方との間には、結婚後、かれこれ十五年にもなろうというのに、いまだに子供が生まれていない。でも、年からすれば実朝はまだ二十七……。世つぎの出生をあきらめるには早すぎる年齢だし、側室もたくさんはべっている。その、だれの腹にも男女一人の子も生まれないのは、実朝自身の身体に原因があり、百年待ったところで子宝に恵まれることは絶望視しなければならなくなる。

「将軍家も近ごろは、『源氏の正統はわたし一代で絶える』と御意あそばしておられるとか……」

「ですけど、たとえ将軍家にご実子ができなくても、源氏のお血筋には公暁どの、花若どのがおいでではありませんか。お二人ながら前将軍のご子息。押しも押されもせぬ源家の嫡統です。実朝卿にとってはどちらも甥《おい》、尼御台にとっても血を分けた孫なのに、なぜお二人を僧籍に入れ、はるばる京のぼりしてまで縁もゆかりもない皇子さまなどを後《あと》取りに頂こうとするのでしょう」

「将軍家も、おん母御台の性急な画策をこころよからず思っておられるらしいのです。重責を投げ打ち、唐船を造って宋国へ押し渡ろうとなされたことなども、母公や北条氏へのご不満の現れと申せますし、狂気なされたように位階の昇進を望まれるのも、『せめて位だけでも人臣を極《きわ》めたい』との、はかないあがきと申せます」

実際、官爵への栄進に示す実朝の情熱は、いささか常軌を逸していた。きりなく玩具《おもちゃ》をねだる子供さながら官途の昇進を求めて飽くことを知らない。政子が諫め義時が諫め、大江広元あたりが直諫しても聞き入れようとしない異常さなのである。

現に、つい先ごろ——建保《けんぽう》六年正月の除目《じもく》では、権大納言《ごんだいなごん》を望んで任官したばかりなのに、二月早々には母御台の上洛と併行して京へ急使を派し、

「左近衛大将になされたい」

と、実朝は奏請したようだ。

「いくらなんでも、権大納言からいきなり左大将にはしにくい、まず右近衛大将に補そうと、朝議では決定したようです。将軍家は、しかし『どうしても』と請《こ》うてやまず、いたし方なく朝廷では、右大臣に左大将を兼ねていた九条道家《みちいえ》卿に因果をふくめて、左大将を辞させ、実朝卿の望みをかなえてさしあげることにしたとか仄聞《そくぶん》しました」

「人の地位を横取りしてまで、なぜ官位をほしがるのか……。わたくしどもには解《げ》しかねる執念ですね」

「まだ内諾の段階にすぎませんが、勅許を得たと知って将軍家は狂喜あそばし、宣旨《せんじ》のお使者を迎えるべく、大わらわで饗応の用意を始められたとか……。この調子で位階が進めば、大臣の位に昇られるのも束《つか》のまの内であろうと、耳こすりし合う声が絶えない

そうでございます」

「小宰相から聞きましたけれど、後鳥羽院は官打ちをもくろまれて、実朝卿の言うなりにその請《こ》いをお聞き入れあそばしておられるそうではありませんか」

刈藻のひそひそ声に、

「噂通りかもしれませぬな」

六郎はうなずいた。

望むまま官位官職をあげてやると、やがて果報負けして当人は死ぬと、公家社会では信じられている。刃物や毒に依らぬ一種の呪殺《じゅさつ》で、これを「官打ち」という。

「万一、そのような陰険な手段で院が将軍家の短命を策し、倒幕の好機を窺《うかが》っておられるとすれば、油断のならぬことですが、遠い京よりも足もとの鎌倉で、御家人どもの批判が燻《くすぶ》りはじめております」

とも、六郎は言う。

「批判とは、実朝卿への？」

「はい。お方さまもご承知のように、現将軍家は風雅をこのみ、ご縁組みをさえ坊門家の姫君と結ばれたほど公家《くげ》風俗にあこがれる貴公子でございます。おん父頼朝公、おん兄頼家卿がしばしば催された巻狩り鳥撃ちのたぐいも、『無益な殺生』と仰せあって、ただの一度もあそばされません。ひたすら熱中されておられるのは……」

「和歌と蹴鞠でしたね」

「とりわけ和歌は、藤原定家卿に学んで奥義をきわめ、秘蔵の万葉集とやらを贈られたほどの詠み手とか……。お側の近習衆もこれにならって、にわか歌人が続出する中に、紀康綱《きのやすつな》と申しましたか、所領の不服を一首の歌に託して訴えたそうでございます。将軍家はいたく感服あそばし、康綱の本領を安堵されたばかりか、免租のご沙汰までくだされました」

「歌合せのお催しもさかんですね」

「賭物《かけもの》に華美を競《きそ》い合い、遊女・白拍子をはべらせてのご酒宴が引きつづくため、御所内の風紀までが乱れて、心ある宿老はみな、眉をひそめていると聞きました。執権が見かねて小御所の庭に選《え》りすぐりの御家人どもを集め、弓術をごらんに入れたところ、将軍家はひどく退屈して、あくびを連発しておられたとも聞き及んでおります」

「武門の御曹司とは思えませんね」

「こんな話もございますよ、お方さま」

と六郎が語り分けたのは、長沼五郎宗政という荒武者の武勇伝だった。

某日、日光山の別当坊から鎌倉へ急使がさし立てられて来た。

「当山で修行中の大夫房重慶《じゅうけい》という者は、先般、没落し去った畠山一族の縁者でございますが、父祖の仇を討つと称して、ひそかに近隣のあぶれ者どもを召し集めております。ご糺明《きゅうめい》ねがわしゅうぞんじまする」

実朝はかねてから畠山氏の滅亡を、

「当主の重忠《しげただ》はじめ一族こぞって忠節の士だった。謀叛などくわだてるわけはない。讒《ざん》者《しゃ》に陥《おとしい》れられたにきまっている」

そう同情的に見ていたから、日光山別当からの注進も、本気では取り上げなかった。

「重慶とやらは重忠の末の子だそうではないか。まして今は僧籍にある身……。たとえ叛意を抱いたところで一介の痩せ法師に何ができよう。そのほう出向いて、つれて参れ」

と、この日ご前に伺候していた長沼宗政に命じたのだが、

「かしこまりました」

神妙な顔で出て行ったにもかかわらず、長沼は重慶を首にしてもどって来たのである。

「けしからん。だれが殺せと申した。事の実否をただすため鎌倉へつれてこいと命じただけなのに、言いつけに背《そむ》き、自儘《じまま》に成敗いたすとは……許せん」

実朝の腹立ち声へ、

「重慶法師の叛逆は、事実でござった」

劣らぬ大声で長沼宗政は浴びせかけた。

「もとより骨細《ほねぼそ》な若僧、生け捕るのは雑作《ぞうさ》もござらん。しかし引っ立てて帰れば奥に仕えるお女中お側女《そばめ》、比丘尼《びくに》らが、やれ、きのどくの、やれ哀れのと、お袖にすがって命乞いめさるは必定とぞんじ、首打ち落として参ったのじゃ」

言いざま、戦場生き残りのこの髭武者は、キッと居ずまいを正して実朝を睨み上げた。

「思えば右幕下ご治世の昔がなつかしゅうござる。当時は軍功こそが重んぜられ、武辺の侍が貴ばれ申した。しかるに何ぞや、当代は和歌に長じ鞠を蹴る技《わざ》に巧みな者どもみ嘉賞にあずかる。そのひまには女房・女童《めのわらわ》を召し集め、絵合せ花くらべ雛《ひいな》の遊びなど埒《らち》もないたわごとに日を費《ついや》して酒宴三昧《ざんまい》じゃ。官没の地はあっても手柄を立てた将兵らには下されず、もっぱら青女房どもが頂くありさま……」

あまりな過言《かごん》に、

「ぶ、無礼な。そんな依怙《えこ》をするものかッ」

痘痕《あばた》の顔面を青ざめさせる将軍へ、長沼宗政はせせら笑ってつづけた。

「事実ゆえ申すのじゃわ。げんに榛谷《はんがや》四郎の遺跡《ゆいせき》は五条局《ごじょうのつぼね》に賜り、中山重政より召し上げた所領は、下総局《しもうさのつぼね》に下されたではござらぬか。このようなことでは、いざ合戦となったとき命を的《まと》に戦う侍などおりますまい。ご寵愛の女房どもに鎧《よろい》を着せて、軍陣の先頭に立たせたらよろしかろう」

言いこめられて実朝はうつむき、宗政は意気揚々、肩をそびやかして退出したが、まだ、それでも腹の虫がおさまらなかったのか、

「お前に侍《さぶら》う近習どもが、もし、わしの雑言を憚《はばか》ってお廊下にでも曳きずり出そうとしおったら、水ぶくれの肥腹《ほてばら》、一人残らず抉《く》りぬいて風穴をあけてやるつもりじゃったぞ」

と後日、だれかれかまわず嘯《うそぶ》いたそうな……。

六

「たしかに長沼の申し条には一理あります。でも実朝卿も、それなりに努めてはおられるのでございますよお方さま」

と、諏訪六郎の視点は公正だった。

「ひたすら右幕下の示し置かれた先例に背《そむ》くまいとし、よき将軍たらんと心がけてはおられるのです。職をつがれたあくる年には、地頭同士の争いをみずから裁決なされてい

ますし、奉行どもを督励して訴訟の滞《とどこお》りを解消されもしました。将軍親臨の法廷を開き、直接、庶民の訴えを聴《き》くなどという制度も、ご当代が始められた善政の一つと申せましょう」

「そういえば去年でしたか、寿福寺の長老が知り合いの罪を庇《かば》って、お取りなしくださるよう尼御台に愁訴したのを、将軍家はきっぱりしりぞけられたそうですね」

と刈藻も言い、

「あながちに、酒色と歌にのみうつゝを抜かす軟弱な将軍とばかりは責められません。努力も認めてあげねば……」

六郎がそれに同調しかけた言葉なかば、雑色どもと思える叫びが聞こえ、女の悲鳴がそれに混じった。

「なにごとでしょう」

刈藻が目色《めいろ》を竦《すく》ませるより早く、

「見てまいります」

太刀を摑《つか》んで六郎が走り出て行き、待つまもなく両腕に、正体のない鞠子をかかえてもどって来た。

「どうしたの姫ッ、しっかりおしッ」

すがり寄る刈藻を、

「お気づかいなされますな、怪しい人影におどろいて気を失われただけですから……」

六郎はなだめ、活を入れてただちに鞠子を正気づかせた。

あとを追って小宰相ら召使たちも駆けこんで来、くちぐちに、

「出ましたよお方さま、あの、被衣《かつぎ》の女がご当家にまで……」

わななき声で告げる。

「えッ？　あの女が⁉」

色を失う刈藻のまわりへ、

「まちがいございません。姫さまだけでなくわたくしどもも、はっきりこの目で見たのですから……」

小宰相たちは寄り固まった。恐怖に顔をひきつらせている。

「月があまりにきれいなので、みなと庭をそぞろ歩いていましたの」

と、我に返った鞠子が、母や六郎を相手に語った目撃談も、いま鎌倉中の耳目《じもく》をそばだたせている怪事と、内容は酷似していた。

人に怪我《けが》をさせるとか、所持品を奪うなどという人間臭い悪行を働くわけではないのだが、月の夜、闇の夜、蜻蛉《かげろう》の羽根そっくりな薄青い、紗《しゃ》の単衣《ひとえ》を被《かず》いた年若い女が、

近ごろ鎌倉の町々に出没して、往来の者をおびやかしはじめたのである。

「橋もない小溝の上を、宙を踏んでツッと横へ渡るのを見た」

「天人の身軽さで、築地の峰へ飛び上ったぞ」

「出おったッと尻もちついたとたん、はや煙さながら消え失せたそうだ」

「ありゃ人間ではない。化生《けしょう》の者じゃ」

と、それからそれへ言い交すうちに尾鰭《おひれ》がついて、化けもの・生霊《いきりょう》・物怪《もののけ》のたぐいにまで誇大化した女が、ところもあろうにこの、竹ノ御所に現れたというのだから、

「どうしたらよかろう。陰陽師《おんみょうじ》を招いて、悪鬼退散の祈禱をさせようか」

刈藻が、老家司や女房たちに議《はか》ったのも無理はなかった。

食膳を、毎日のように賑わした筍《たけのこ》の季節が去ると、採り残した今年竹《ことしだけ》がすくすく伸びて、翡翠《ひすい》の玉簾《たますだれ》を張りめぐらしでもしたように、邸内は浅《さ》みどりの反射光に包まれる。日ごろ鬱陶《うっとう》しく思える竹林の奥の住まいが、別天地に感じられるのもこの時期だ。こまかく差し交す枝のすきまから、黄金《こがね》の針にまごう葉洩れ日がチラチラ降りこぼれる昼もよいが、月の冴えた夜は竹の一つ一つがくっきり明暗をきわだたせて、どこか神秘的な、凄みをたたえた美しさとなる。

「竹取りの翁《おきな》が、ひとところ節《ふし》の光るふしぎな竹を見つけたのは、このような晩ではな

かったのかしら……」

「訝《いぶ》かって、切ってみると……」

「中に坐っておられたのが、小さな小さな赫夜姫《かぐや》さま」

小宰相たちと戯《たわむ》れ合いながら、この夜も庭先をそぞろ歩き、ふと、竹の茂みを透かして見て、

「なに？　あれは……」

最初に蜻蛉の被衣に気づいたのが鞠子であった。

「人がいるわ」

「あッ、女ですよ、もしや噂の……」

指さしかけた一瞬、青い被衣は月光を截《き》って舞い上り、竹の梢をザザーと鳴らして女たちのつい、目の先、二、三間《げん》の近さに音もなく着地した。

「ひッ」

だれの口からほとばしった悲鳴かわからない。鞠子は失神して小宰相の胸に倒れかかり、

「だれか来てッ、物怪《もののけ》ですッ、鬼女ですッ」

かなきり声のわめきに下屋《しもや》から牛飼・雑色《ぞうしき》らが、おっとり刀で駆けつけたときは忽然《こつねん》

と消えて、何の痕跡もなかったのだという。

「でも、見ましたわ顔を……。目の前へいきなりおりて来たとき」

「あなたも？　わたしも見たわ。それはそれは恐ろしい鬼の顔でした」

「口が耳ぎわまでカッと裂けて……」

「錐《きり》の先みたいな歯が覗いて……」

と、言い合うほどに誇張がひどくなる。

「まあ待ちなさい」

女房らの興奮を六郎が抑えた。

「それはたぶん、面ではないかな」

「面？　鬼の面をかぶっていたとおっしゃるのですか？」

「あるいはそうも考えられよう」

「わかりましたッ」

小宰相が膝を打った。

「あいつです、妙ですよ六郎さま。町の大路小路に出没する物怪までがあの女かどうかはぞんじませんが、噂をうまく使って鬼女に化けるぐらいのことは思いつく痴者《しれもの》です。若いころから男の子じみて、身ごなしの軽い女でしたし、痩せぎすな、すらりと引き緊った身体つきも先ほどの妖怪にそっくりでした。ご当家に忍び込み、わざと姫さまに近づいて鬼女の仮面でおどかすなんてこと、妙のほかにする者はいませんでしょう」

うがちすぎとも思えるが、一概に否定もしかねて、

「いったい妙は今、どこにいるのであろう」

だれへともなく刈藻はひとりごちた。

「さあ、あれっきり行くえ知れずのままですけど……」

一様に首をひねる中から、

「厨《くりや》に出入りする塩売りが、妙に似た女を化粧坂《けわい》の遊女宿で見かけたと一昨日《おとつい》でしたか、申していたそうでございますよ」

と言い出した女房がいる。

「初耳ですわ。なぜ、すぐ聞かせてくださらなかったの?」

「だって小宰相さま、わたくしも水仕《みずし》からのまた聞きですもの。『次にまた塩売りが来たとき、本当に妙かどうか、よく調べてくるよう申しつけておくれ』と、とりあえず命じてはおきましたのよ」

「妙でしょうねえ、十中の八九……」

確信ありげに、小宰相は朋輩《ほうばい》たちの面上を見まわした。

「みなさまも、そう思いませんか？　今様《いまよう》好きなあの女なら色を販《ひさ》ぐ生業《なりわい》がぴったりですわ。どこへ行く当てもなしにご当家をとび出したのですから、手っ取り早く稼ぐとすれば遊女夜発《やぼち》のほか身すぎの手だてはありませんよ」

「それにしてもまだ執念ぶかく、姫さまに祟《たた》る気なのですね」

「憎い女だこと！　懲《こ》りずまにこの近くをうろついたら、今度こそ男どもに引っ捕えさせて、痛い目に遇《あ》わせてやりましょうよ」

と、すっかり妙の仕業《しわざ》に決まってしまった口ぶりだが、六郎一人は肯定しかねる顔で、じっと考え込んでいる。あるいは妙かもしれないが、梢を渡るむささびの敏捷さで竹の枝を伝い、下部《しもべ》らが来るととたんに姿をくらました手ぎわを、

(女——それも武芸の心得ひとつない妙ごときに出来ることではない)

と疑っているのだろう。

鞠子も納得《なっとく》しかねるのか、やがて女房たちが引きあげたあと、刈藻と六郎に向かって、

「わたし、あの曲者を妖怪とも変化《へんげ》とも、まして妙とも思えないのですよ」

胸中の不審を、そっと洩らした。

「被衣を煽《あお》って、ぱっと眼前に飛びおりたとき、曲者の身体から香りが立ちました。伽《きゃ》羅《ら》や白檀《びゃくだん》といった香料ではありません。祈禱僧などの法衣に染みついた護摩《ごま》・乳木《にゅうぼく》・

芥子《けし》の匂いでしたわ」

「やはり……」

思い当るふしがあるのか六郎は呻《うめ》き、刈藻もはッと一つの名に打ちあたって、顔色を青澄ませた。

（公暁！）

三人ながら被衣の女の正体を見破ったのである。

一千日の参籠《さんろう》を発願《ほつがん》し、公暁が上宮《じょうぐう》の岩窟にこもって天下安泰の祈禱を修している事実は、いま世間に隠れがない。

「護国祈願は表向き……。内実は実朝や義時らの調伏なのだ」

とも鞠子は聞かされ、

「このこと、口外無用」

そう固く、公暁に約束させられてもいる。

だが、すこし目の利く者ならば、

（うさん臭い修法《ずほう》……）

と、勘づかないはずはなかった。

六郎も怪しんでいた一人だし、まして彼は鞠子の護衛として、別当坊での別宴にも浜

での逍遥にも随行している。叔父実朝への公暁の憎悪が、どれほどのものか承知していたから、

（参籠は呪殺の秘法を修するためだ）

と、はじめから察しをつけてはいた。

ただ、被衣の女を護摩の匂いから判断して公暁の女装と仮定した場合、なぜ彼がそんなことをするのか、その目的が理解できなかった。

（まさか将軍家の弑殺《しいさつ》をたくらんでいるわけではあるまい）

いやしくも公暁は、鶴ケ岡八幡宮の別当である。口実を設けて将軍に会う気なら、白昼堂々御所へ乗り込んで行ける身分だし、接近し刺殺する機会は、いくらでもあった。

夜盗まがいな真似をして町の辻などを、こそこそ徘徊するのは何のためか。

（人心を攪乱《かくらん》し、騒動に持ってゆこうと意図しているのか）

それとも子供っぽい悪戯《いたずら》ごころか？

鬼の面などかぶって竹ノ御所へ現れたのも、単に異母妹《いもうと》をからかってやろうとの稚気《ちき》からか？

（まず、そのどれもに少しずつ当てはまるのではないか）

と六郎はひそかに結論づける……。

妙の仕業と決めつけながらも、

「やはり気味悪うございますので、念のため男どもに、魔除けの弦打《つる》ちをさせとうぞんじます」

小宰相が告げに来てまもなく、屋敷の四方からビィン、ビィンと夜気《やき》をふるわせて、弓弦《ゆんづる》を打ち鳴らす音が聞こえはじめた。

血染めの雪

一

それでなくても建保六年という年は、白虹《びゃっこう》が日をつらぬいたり、巨大な箒星《ほうきぼし》や流星群が出現するなど、不吉な奇現象が相ついだが、将軍御所では天変や人心の動揺をよそに、慶事の祝賀にあけくれていた。

上洛して、卿《きょう》ノ二位藤原兼子《かねこ》と密談をかさね、後鳥羽上皇のおん子をひと方、四代将軍として鎌倉へ迎えたいむね、政子は奏請したけれども、上皇の態度は応とも否とも煮え切らず、はかばかしい返事を得られない。

その代償というわけでもなかろうが、卿ノ二位の口添えで政子に従三位《じゅさんみ》が授けられ、

「格別のおぼしめしをもって、拝謁をお許しくださると仰せられております」

とも伝えられた。しかし、この優遇は、

「田舎辺土に生《お》い立った礼儀もわきまえぬ老尼が、竜顔《りょうがん》に咫尺《しせき》したてまつったところで益はござりませぬ」

政子の側がぴしッと蹴って、早々に鎌倉へもどってしまった。

さすがにあと味が悪かったか、それとも卿ノ二位の尽力だろうか、まもなく女叙位《おんなじょい》がおこなわれ、従三位からさらに引きあげて、政子を、

「従二位に叙す」

との位記《いき》がもたらされた。

武門の出で二位に昇った女性には、平相国《へいしょうこく》清盛の妻がいる。彼女はでも、建礼門院徳子の生母、高倉院の姑、安徳幼帝の外祖母である。頼朝の未亡人、頼家・実朝らの母とはいっても、出自《しゅつじ》からすれば自身言う通り、政子は「辺土の老尼」にすぎない。従二位の叙爵はしたがって破格といえたし、さすがの彼女もこのご沙汰は素直《すなお》に受けたから、以来、世人は「二位ノ尼君」あるいは「二品禅定尼《にほんぜんじょうに》」などと政子を尊称して、これまでに倍する敬意を払うありさまとなった。

一方、実朝の昇進も急だった。懇望《こんもう》して左近衛大将になった彼は、その喜悦が醒《さ》めや

らぬうちに内大臣に任ぜられ、わずか二カ月あとには左大将を兼ねたまま正二位右大臣の重職に転じたのである。

「まさしく官打ちだ。うれしがらせておいて、じつは将軍家のお命をちぢめようと院は企んでおられるのだろう」

はっきり口に出して指摘する者も出はじめ、軒並《な》みおこぼれの昇進にあずかった中から、たとえば北条義時の嫡男泰時《やすとき》のように、

「手前には讃岐守《さぬきのかみ》の職など分に過ぎます。いただきません」

にべもなく辞退してしまった硬骨漢さえ現れた。

実朝は、だが右大臣の任命に恐懼《きょうく》感激し、年が明けてまもない正月二十七日、鶴ケ岡八幡の社頭で盛大な拝賀の式をおこなった。

後鳥羽上皇からは、この日のための装束・調度が下賜され、公卿・殿上人らも多数下向して、晴れの盛儀に参列した。

あいにく前夜から小《お》やみなく雪が降りつづき、場所によっては膝《ひざ》を没する深さにまで積もって、春とは名ばかりな冷えこみのきびしさとなった。

竹ノ御所でも、炉ノ間《ま》にうずたかく炭火をもりあげ、部屋部屋には火桶を配って、それでもまだ刈藻《かるも》など、寒さをしのぎかねる気がしていたが、

「そろそろ右大臣拝賀のお式も終りかけたかねえ」

「時刻は夜半《やはん》に近づきました。もう御所にお引きあげあそばすころでございましょう。お方さまもおやすみなされませ」

「鞠子《まりこ》や六郎は？」

「とうに、ご寝所でござりますよ」

「仲むつまじいのが何より……。あとは一日も早く、初孫の顔を見せてほしいよ」

小宰相を相手に話し合っていたとき、細殿《ほそどの》の板敷きをこちらへ近づいてくる足音がして、

「お方さま、……小宰相どのもここにおられましたか」

老家司《けいし》が襖ぎわから顔を覗かせた。

「おお、そなた、腰が痛むとか申していたが、この夜更《ふ》けに何ぞ、用でも？」

「老いの僻耳《ひがみみ》かもしれませぬ。したが、先ほどから馬のいななき、人の話し声が聞こえる気がして……」

「言われれば、ほら、お方さま、男のわめきが……」

浮き腰になった小宰相が、声を上《うわ》ずらせる。

蔀《しとみ》を一枚、こわごわ上げて外を見やると、雪はいつのまにかやんで、白一色の庭を凍

りつきそうな月光が照らしていた。人声はまだ遠いけれど、あたりが静かなせいか刈藻にも気配のただならなさは聞き取れる。

「軍兵のようね」

「いくさでも始まったのでしょうか」

「あッ、だんだん近づいてくる。ここは比企《ひき》ケ谷《やつ》の行き止まりなのに、何をするつもりで入り込んで来たのかしら……」

　不自由な足腰を曳きずりながら、

「姫さまがたにお知らせしてまいりましょう」

あたふた去りかける老家司と入れちがいに、六郎も走って来て、

「おびただしい松明《たいまつ》が右往左往しています。何者かを探索しているらしいのです。女房衆はお方さまを守って、ここからひと足も出ないように……」

　指示するまにも、外のそうぞうしさはだれの耳にも、もはやはっきり聞こえるほどになった。鞠子も起きてきて、

「母さまッ」

　刈藻の手を握りしめる……。外では、

「こんなところに屋敷があるぞッ」

「あけろッ、だれかおらんかッ」

と、ついに門扉を叩きたてはじめた。

「なにごとのご詮議《せんぎ》でございましょうか。当家は左金吾頼家卿のご息女竹ノ御所さまのお住まい……。卒爾《そつじ》に踏みこむことはなりませぬ」

老家司が、それでも懸命に応対しているあいだに、六郎は手ばやく腹巻をつけ、薙刀《なぎなた》を掻い込んで妻戸の口に立った。だれの手勢であれ理不尽に乱入して来たら、斬り伏せる気がまえでいるようだ。

「将軍家が討たれたもうたのだッ」

と、門外では叫びつづけている。

「な、なにッ? 将軍家が!?」

「下手人は八幡宮の別当公暁《くぎょう》どの……。立ち廻り先を厳探し、見つけ次第ひっくくれとの侍所《さむらいどころ》の命《めい》により、鎌倉中を捜索している。ぐずぐず言わずに門をあけろッ」

刈藻と鞠子は声もなく抱き合い、六郎は飛んで出て扉の掛け金をはずした。頼家の遺児の住み家《か》と告げたのは、公暁の妹と打ちあけたにひとしい。なまじ抗《あらが》えば兵どもの疑念をつのらせ、事はいよいよ面倒になると観念したにちがいない。

「犯科人《ぼんかにん》など、どこにも匿《かくま》ってはおりません。さあ、家《や》さがしでも何でもしてください」

　左右に大きく門扉をひらくと、焦《じ》れきっていた泥草鞋《どろわらじ》がどっと混《こ》み入って、絖《ぬめ》を延べたようだった雪の庭をたちまち見るかげもなく踏み荒してのけた。

　弓弭《ゆはず》を突き入れて高床《たかゆか》の下を掻きさぐる、落縁《おちえん》の簀《す》ノ子《こ》に土足のまま駆けあがる……。

　伝令らしい騎馬武者が、このとき、

「引き上げい。悪《あく》禅師は三浦の手の者に斬られたぞ。探索の兵は全員、引き上げい」

　呼ばわり呼ばわり門外の道を走りぬけていかなかったら、刈藻や鞠子の私室にまで狼《ろう》藉《ぜき》が及びかねないところであった。

　潮が引くように軍兵らが退散したあとは、

「将軍家が弑《しい》されたもうたそうな」

「凶行を演じたのは公暁どのとやら……。しかもその公暁どのまでが、殺害されたとは！」

　事の重大さに屋敷中が呆然となって、虚《うつろ》なまなざしを交し合うだけだった。

「信じられない。兄さまが落命あそばすなんて……」

　鞠子は唇を嚙むが、公暁の気質、日ごろの言動からすれば、予測された成り行きといえなくもなかった。

「三浦の手の者に斬られた」

その一点だけが、刈藻にも六郎にも腑に落ちかねるところなので、夜明けを待って雑色《ぞうしき》を町に出し、煮え返る風説のさまざまを聞き集めさせた結果、やはり三浦氏の背反とわかった。

神前での拝賀の式をとどこおりなく済ませ、奉幣《ほうへい》の儀を終えた実朝が、堵列《とれつ》する公家《くげ》たちの眼前を会釈《えしゃく》しつつ通りすぎて社殿の前の石橋を渡りかけたとき、音もなく背後に近づいた法衣の曲者が、一閃《いっせん》、抜きはなちざま実朝の首を打ち落とし、返す刀で次につづく奉剣役の源仲章《なかあきら》を斬った。目にもとまらぬ早技《はやわざ》であった。

そして生血《なまち》したたる実朝の首を引っさげ、立ち騒ぐ人々の間を走りぬけて、たちまち神域の森に呑まれてしまったという。

この曲者が、八幡宮の別当公暁だった。彼は実朝の首級をかかえたまま闇から闇を伝って走り、いったんは雪ノ下《した》北谷の備中阿闍梨《あじゃり》という者の坊にひそんだが、ここから乳夫子《めのとご》の駒若丸という稚児《ちご》を三浦義村邸へ走らせ、

「かねての約定通り即刻、義兵を挙《あ》げ、北条氏を討ち亡ぼして、われを四代将軍に推戴《すいたい》せよ」

と命じた。駒若は義村の息男である。

「仰せ、うけたまわってござる。ただちにそれがしが手の者を、北谷へお迎えに差し向けましょう」

何くわぬ顔で義村は部下を派遣し、公暁をおびき出して中途で斬殺……。委細《いさい》を執権義時に急報したのである。

「このとき、備中阿闍梨とやらの坊から引き添って、公暁さまを送ってまいった荒法師が、あの八幡宮の社僧忍寂《にんじゃく》どのであったとやら……」

痛ましげに雑色《ぞうしき》は眉間《みけん》を皺《しわ》めた。

「公暁さまが騙《だま》し討たれたと見るなり忍寂どのは太刀を振るい、三浦の兵どもと渡り合って死人《しびと》の山を築かれたが、多勢に無勢、これもあえなく斬り死をとげたげにございます」

享年、公暁は二十《はたち》――。叔父の実朝は二十八歳であった。

二

和田義盛との盟約をどたんばで踏みにじり、「三浦犬は友を喰うか」と嘲《あざけ》られた三浦義村が、乳夫《めのと》でいながら今回も、養君《やしないぎみ》の公暁を裏切り、北条氏に節を売って身の安全を計ったのである。

世間の目は、漁夫や物売りさえ三浦氏にきびしく、

「鎌倉武士の、風上にも置けぬやつじゃ」

かげでの譏《そし》り口も辛辣をきわめた。

「将軍さまのお首《ぐし》は、まだ見つからんのか」

とも、彼らは肩をすくめ合う……。

「悪禅師が後生大事に小脇にかかえて走り去ったとまではわかっているが、谷底へぽい投げたか岩穴にでも蹴込んだか、血まなこで探しても今もって紛失のままだとよ」

「柩《ひつぎ》に納めて弔《とむら》おうにも、五体が揃っておらんでは埋葬もかなわぬ。おん母尼公もこれには音《ね》をあげておられるじゃろ」

「奥方はじめ、お側女や近習など、八、九十人もがお跡を追って飾りをおろしたげな」

「それより何より、怪しいのは執権どのの振舞いじゃわ。神拝《じんぱい》を終えて将軍さまが宝前を退下《たいげ》めさる直前、『腹痛をもよおした。御剣《ぎょけん》の役、代ってくれ』と仲章朝臣《あそん》とやらに頼んで、執権はするり、逃げを打ったというではないか」

「はじめから悪禅師は、将軍家と執権どのを討ち果たそうと狙っておった。それを嗅ぎつけて、寸前に危ない役を人に押しつけたとすれば、義時というご仁《じん》、恐れ入った鼻き

きじゃなあ」

「おかげで仲章朝臣は殺された。執権とまちがえられて厄に遭《あ》ったのじゃ」

下民らのおしゃべりは尽きないが、その北条氏の爪牙《そうが》を買って出、公暁の怒りを焚きつけて味方すると見せかけながら煮え湯を呑ませた痴者《しれもの》こそを、刈藻は憎む。

（和田一族の先例もあるのに、公暁どのはなぜ三浦義村のような奸物を、片腕とまでお頼みなされたのか）

喞《かこ》たずにいられない。

たしかに北条義時の腹痛は、偶発のひと言では片づけきれぬ謎を含んでいた。あらかじめ公暁の行動を知っていて、仮病をかまえ、文章《もんじょう》博士の仲章に御剣奉持の役を押しつけたとしか考えられないし、では、

「ご用心めされ、拝賀式の当日、悪別当は将軍家とこなたさまを襲う気でおりますぞ」

そう、こっそり義時に耳打ちしたのはだれか。

むろん、それは、暗殺計画の細部までを前もって公暁から聞かされていた三浦義村にきまっている。

つまり義時と義村は、一味同心の仲間だったのだ。でも、なぜ彼らは、この危険を実朝に告げなかったのか。黙ってむざむざ三代将軍を殺させ、凶行を理由に公暁までを即

座に誅殺してのけたのか。

（まるで源家嫡統《げんけちゃくとう》の男子を、根絶やしにするおつもりのようではないか）

あの、由比ケ浜での船おろしの日、煮えたぎる混乱のただ中で、ひとり冷ややかな視線を沖の茜《あかね》に放ったまま一語も発しなかった北条義時の、彫像のような横顔が刈藻の脳裏を去来した。

（もしかしたら執権は、故障なく唐船が浮かび、遥かな異国へ実朝卿が去ってしまうのを、あるいは渡海の途上あらしに遭って、海の藻屑にでもなることを、心中、強く願っていたのかもしれない）

陳和卿《ちんなけい》を利で釣って、わざと船おろしをしくじらせたのは、実朝の渡海を案じ、その行動を阻止しようとした尼御台や大江広元らだとばかり、これまで刈藻は推量していたが、じつは実朝自身が、

「中途で気が変った。船に工作して進水を失敗させろ」

と、陳に命じた可能性もある。だからこそ、せっかく完成した船が坐礁してもさして惜しそうな顔をせず、さばさば桟敷を立ってしまった実朝なのであろうし、陳も処罰をまぬがれたのだろう。

唐船の浮上に期待し、波濤万里のかなたへ自分を逐《お》いやろうとしている義時……。そ

れを敏感に見ぬき、肩すかしを食わせる快味にほくそ笑んでいたかもしれぬ実朝……。

（表面、円満そうに見える叔父と甥の仲も、心の底の底に分け入れば、どすぐろい対立にささくれ立っていたのか）

と、すれば、公暁を使嗾《しそう》して実朝を討たせ、反す刀で公暁をも屠《ほふ》るとの腹案は、義時によって練られ、三浦義村がこれに加担したものと考えてよい。

実朝には危害の切迫をひとことも告げず、仲章を犠牲にして我が身一人、まんまと逃《のが》れ去った義時の行為は、むしろ当然な帰結といえよう。

（執権が、源家の男児を絶やすおつもりとすれば……）

気がかりは今や、ただ一人残った花若の身の上である。二十歳までのお命、と、それを予言した怪僧忍寂は、公暁の死に殉じて勇壮な斬り死をとげたという。

（ご自分のそのような最期を、あのかたは予知しておられたろうか）

刈藻は目をとじる……。雪に散った実朝の血、公暁の血、そして忍寂の血——。鮮やかなその色が、濡れ濡れと眼裏《まなうら》を交錯し、軽い昏迷の底へ刈藻をフラッと誘い込んだ。

——やかましかった町の取り沙汰も、北条執権家と大武族三浦氏の威を憚《はばか》ってか次第に下火となり、代って急上昇しはじめたのが、

「空白となった将軍位を、だれによって埋めるつもりか」

との疑問であった。

三代実朝が急逝し、四代目を狙った公暁も討たれた現在、幕府の要路が焦眉の急と見たのは、次期将軍の選定である。

ふたたび京都へ使者が差し立てられた。

「今上《きんじょう》順徳帝のおん弟に当られる六条ノ宮か、さもなければその下の弟ぎみ冷泉《れいぜい》ノ宮の、どちらかお一方《ひとかた》をぜひ、関東の主《あるじ》として下《くだ》し給わりたい」

後鳥羽上皇に、そう要請したのだ。

同じ京にいて仏道修行中の、禅暁《ぜんぎょう》——花若の存在など徹頭徹尾、無視されてしまっていたが、上皇は上皇で、

(幕府が弱味をさらけ出している今のような機会を利用すれば、こちらの言い分は何ごとによらず通すであろう)

と思ったらしい。

「摂津《せっつ》の国の、長江荘・倉橋荘を支配する地頭《じとう》を、すぐさま罷免せよ」

そう、すかさず幕府に要求してきた。

上皇には、手の内の珠とも賞《め》でいつくしむ愛人がいる。伊賀局と称しているが、前身

は亀菊《かめぎく》と呼ばれた遊女だった。

この女が上皇をそそのかし、長江・倉橋両荘の乗っ取りを策しているのだと幕府は探知したから、

「それはなりませぬ」

一言のもとにはねつけたばかりか、逆に義時は、弟時房《ときふさ》に一千余騎の荒武者を添えて上洛させ、上皇御所に圧力をかけた。

さればといって、おとなしく引きさがる上皇ではない。

(幕府の屋台骨はぐらつき出している。現将軍ともあろう者が、甥の別当に殺されるなどという不始末を起こしたのが、その何よりの証拠であろう)

じゅうぶん幕府の内兜《うちかぶと》を見透《す》かしているつもりだから、

「そちらがその気なら、当方も皇子の下向など断じて許さぬ」

強腰《つよごし》に出た。上皇にすれば、

(もし将来、皇族出身の将軍を擁して幕府が朝廷に敵対しだしたら、日本は二つの皇統によって分断されるさわぎになりかねない)

とも懸念《けねん》したのだ。

かくして交渉は、暗礁に乗り上げた。

やむなく義時らは尼御台政子と協議し、九条左大臣道家《みちいえ》の子、三寅《みとら》ぎみに白羽の矢を立てて、

「四代将軍には、この公達《きんだち》を申しうけたし」

そう再度の奏請をこころみ、朝廷の勅許を仰いだのである。

三寅ぎみ……。戊寅《つちのえとら》にあたる去年建保六年の、正月十六日正七ツ時《どき》——。つまり寅の年、寅の日、寅の刻《こく》に誕生したため、「三寅」と名づけられたこの子供は、母方の系譜をたどると右幕下頼朝の、妹の孫の息子となるのだという。

蜘蛛《くも》の糸よりも幽《かす》かな細い細い縁《えにし》を手《た》ぐって、武門とは何の関りもない公卿の子を、幕府は関東の主《あるじ》に迎えようと考えたのだ。

「けっこうですな」

九条道家はこの申し出に乗り気を示し、

「左大臣家の三男坊か。ま、よかろう」

後鳥羽上皇も首を縦に振ったおかげで、三寅ぎみの東《あずま》くだりは、めでたく実現の運びとなった。

承久《じょうきゅう》元年七月九日——。実朝が殺され、公暁が命を落とした大雪の日から、半年経過した秋の初めであった。

三

その三寅ぎみの行列が、いよいよ今日、鎌倉入りをするという日、刈藻母子は六郎に伴《ともな》われ、徒歩立《かちだ》ちの軽装で甘縄《あまなわ》の背振《せぶり》地蔵に詣でた。安産・厄除けに験《けん》のある仏ということだが、地蔵にまして近ごろ繁盛《はんじょう》しているのは、お堂の裏手に小屋を構えた明石《あかし》御前《ごぜ》と呼ばれる女巫子《おんないちこ》であった。

「たいそう祈りにたけた巫女《みこ》で、むずかしい病人もたちどころに平癒させるそうですし、授けてくれる護符《ごふ》がまた、お子の出産と肥立《ひだ》ちにびっくりするほどの効きめを現すとか。出入りの塩売りが申しておりました」

小宰相の言葉にそそられて、

「地蔵尊へ参るついでに、その、あらたかな護符とやらも頂いて来ようではありませんか」

刈藻が鞠子を誘ったのは、

「どうやらわたくし、みごもったらしゅうございます」

四、五日前、そっと打ちあけられたからだった。聞くなり、

「懐妊ですって⁉」

花畑に走り込みでもしたような甘い、明るい喜びの感情に満たされ、

「よかった、それはよかった。おめでとうよ鞠子」

刈藻の声はうるんだ。

「で、いつ気づいたの？」

「このところ、ものを食べるたびに少し胸がむかつき気味になるので、もしやと思って指を折ってみましたら、どうやら三月《みつき》に……」

「六郎どのには話しましたか？」

「いえ、まだ母さまのほかは、だれにも……」

羞《はじ》らう姿態からは、夫の愛情に隙間《すきま》もなく包まれている仕合せが、光の微粒子となって燦《きらめ》きこぼれている。

「ではさっそく六郎どのに知らせましょう。小宰相たちにも……ね？　鞠子」

改めて言うまでもないけれど、身体に気をつけて、すこやかな子を生むのですよと言い聞かせながら、その一語一語が美酒となって作用するような、芳醇な酔いごこちに刈藻は浸《ひた》された。ありがたくて、泣けそうだった。

（もう、これでいい。この上の幸《さいわ》いを望む必要など、どこにあろう）

頼家の四人の遺児の中で、ただ一人、鞠子だけが女に生まれた宿運《しゅくうん》を、刈藻は感謝せずにいられなかったが、あやまって白絹にしたたらせた墨《すみ》の一滴に似て、ふとこのとき、小さく拡がり出した気がかりがあった。

「男のご兄弟は命みじかく終られるけれども、鞠子姫にのみ寿相がほの見える。三十歳前後まではまず、つつがなく在《お》わそう」

たしか忍寂は、そう占った。

もし観相が確かならば、鞠子もまた、四十五十六十までこの世に生きつづけることは、かないがたいと言うことになる。

折りにふれて忍寂の予告はよみがえり、鳥影のような不安が刈藻の意識をかすめたが、(とりあえず、あのとき観《み》たかぎりでは、『三十前後』ということなのだろう。運勢は変るものだそうだから、五年のち十年のちに占えば、鞠子の寿命は先へ先へ、さらに延びてゆくのではないか)

そのたびに都合よく解釈して、彼女はみずからを慰めていたのだ。

地蔵尊や護符の功力《くりき》にすがる気になったのも、今を幸福の絶頂と思うだけに、それに障《さわ》るささいな瑕《きず》をすら、できることならば拭い去りたいと念じたからである。

出かけてみれば、でも心は晴れた。澄み透《とお》った初秋の空を、南へ帰る燕だろうか、

囀《さえず》り交しながら翔《か》けるのを眺めてさえ、

「よい気持だこと。留守居している小宰相に、何か土産《みやげ》でも買って帰ってやりましょうね」

刈藻の足どりは弾む。

母と娘は塗りの市女笠《いちめがさ》で日ざしを避け、それぞれ袿《うちぎ》を壺折った外出《そとで》の装いだし、六郎は糊のきいた涼しげな狩衣姿、荷持ちの下部《しもべ》までが洗いざらしではあるが白い小ざっぱりした水干《すいかん》の下くくりを締めて、かいがいしく従ってくる。

「それにしても母さま、どうして今日はこんなにたくさん人が出ているのかしら……。いつかのあの、船おろしの日にそっくりね」

大路の混雑を鞠子はいぶかしむ。隠れ里ともいえる谷《やつ》の奥で世事に疎《うと》くくらす親子は、この日、幼将軍の三寅ぎみが鎌倉入りするのさえ、うっかり知らずにいたのだ。

「お参りをすませてもどりかけるころ、ちょうどお行列に出くわすのではありますまいか」

六郎に教えられて、

「願ってもない回り合せでした。ねえ鞠子」

「ぜひ拝見しましょうよ」

二人とも足どりは、なおのこと軽くなった。

背振地蔵のお堂には評判にたがわず参詣人が群れつどうて、間断なく打ち鉦の音をあたりに撒き散らしていたし、明石ノ巫女の小屋も祈禱をたのむ人で溢れ返っていた。

五十なかばと見える痩せしなびた、背のひょろりと高い女で、そのくせやけに声が大きい。それも聞く側の鼓膜を鑢《やすり》で引きこするような、ざらざらと耳ざわりなしゃがれ声なのである。

もったいぶった手つきで下《さ》げ渡してくれる護符なるものも、梵字《ぼんじ》の朱印を押した黄色い紙に、何の実《み》か、正体のわからぬ干《ひ》からびた小さな木の実を一つ、ぽつんと封じこめただけの怪しげなしろもので、それでも巫女本人の託宣によれば、

「かたじけなくもこの神符の御正体は、熊野速玉《くまのはやたま》の社《やしろ》に茂る樹齢千年もの梛《なぎ》の神木に、三年を限ってただ一度だけ成《な》るふしぎな実じゃ。男女の和合、妊婦の平産、赤児の成育を守護する霊力がござるぞよ」

と、すこぶる仰々《ぎょうぎょう》しい。

「どうやら少々、評判倒れのようですな。わざわざお出ましあそばすほどのことはありませんでした」

苦笑する六郎を、

「いいえ、ひさしぶりに外を歩いて気分がせいせいしましたよ。地蔵菩薩には鞠子が事なく身二つになれるよう、よくよくお願いしたのですもの、この護符もありがたく頂いて帰りましょうよ」

刈藻はなだめて、応分の布施《ふせ》を明石ノ巫女に与え、親子夫婦、つれだって御堂をあとにした。

「もし、お方さま」

と人ごみのどこからか声をかけられたのは、石の階《きざはし》をおりかけた時である。

振り返って、

「あ、そなたは……」

不意打ちのおどろきに、刈藻は危うく足を踏みはずしそうになった。

妙《たえ》が佇《たたず》んでいたのだ。少年じみた小麦肌が色町の水に磨かれて、見ちがえるばかり白くなったほかは、きりりと引き緊った口もと、やや吊り上り気味な眼尻《まなじり》の線まで、以前と同じ妙である。もしかしたら顔の色も、紅おしろいでどぎついほど彩っているため白く見えるのかもしれなかった。

朋輩らしい五、六人とつれだっているのだが、どれも衣装の好みがけばけばしく、ひと目で色を販《ひさ》ぐ女たちとわかる。

「お別れしてから四年……。いえ、もっとになりましょうか。気にしながらご無沙汰申しました。お許しなされてくださりませ」

妙はしおらしく頭をさげる。

つれも彼女も笠や被衣《かつぎ》をかぶらず、明るい日ざしの下を、これ見よがしに顔をむき出して出歩いているのは、遊女というものの臆面なさだろうか。

「そなたも達者でなによりですね」

当りさわりない挨拶を返す刈藻へ、

「ありがとうございます。ごらんの通り酒席をとりもつ歌い女《め》になりさがりましたが、今様では化粧《けわい》坂で随一と折り紙をつけられ、夜ごと忙しく稼いでおります」

さして誇るでもなく、妙は言う。

「それは重畳《ちょうじょう》……。屋敷にいたころからそなたは今様が上手でした」

「姫さまにお教えして、小宰相どのに叱られたこともございます。今日はお揃いで、地蔵さまに願《がん》掛けにお出ましですか?」

「ええ、ちょっと……」

「おめでとうぞんじます六郎さま、姫さま」

はじめてまっすぐ妙は二人へ向き直り、商売がら身についた媚《こび》をふくんだ流し目に、笑《え》みをにじませて祝った。

「嬰児《やや》さまのつつがないご誕生を、妙も及ばずながら宝前《ほうぜん》に祈願させていただきますよ」

首すじまで赧《あか》くなって、

「まだ、そんな……」

鞠子は笠の垂れ衣《ぎぬ》を引きそばめ、無遠慮な女どもの好奇の目から妻をかばうつもりか、六郎もむっとした表情で狩衣の片袖をその肩に打ちかけた。

「でも背振の地蔵尊は安産の守り神、明石ノ巫女の護符も産婦が頂く決まりでございます。ここへご参詣あそばすのは、ご懐胎のしるし……。お方さまもどんなにか、おうれしゅうございましょうね」

と言うことは尋常だが、周囲の目や耳を考慮しない声の張りに、刈藻は辟易《へきえき》して、

「ではこれで……」

別れかけようとするのを、

「ひさしぶりだねえ妙さん、わしを憶《おぼ》えているかね？」

脇から出しゃばったのは荷持ちの下部だった。遊女に身を落とした昔の仲間に、興味を抑え切れなくなったのか、

「姫さまが参られるのはわかるけど、あんたたちまでが、どうして産の神になど願掛けするんだね？　やっぱり人並《な》みに子がほしいわけかい？」

下司《げす》根性の卑しさをむき出しにしたからかい口調で聞きほじる。

「いやだよ、この人は……」

妙の言葉つきも、人《にん》に応じていきなり砕けた。

「ここの地蔵さまは妊《はら》みたくない女の願いもかなえてくれるのさ。遊女白拍子が子を生むなんて恥さらしだからね。うっかり気を許して、ばかなまちがいを起こさぬよう三月半年に一度ずつ、わたしら誘い合って拝みにくるんだよ」

四

それでなくてさえ人目をひく派手な女たちの集団である。参詣人の中には立ちどまって、じろじろこちらを眺める者もいる。

ぶしつけな、そんな視線に、いつまでも鞠子を晒《さら》しつづけるのが我慢できなくなったのだろう、その歩行を労《いたわ》りながら六郎はかまわず石段をおりて行き、

「身体に気をつけてね、妙」

刈藻もいそいで若い二人を追った。屋敷へ遊びに来いとは、たとえこの場かぎりの世辞としても、口にできなかった。

下部もあわてて荷をかたげながら、

「あばよ、せいぜい稼いで倉でも建てろや」

捨て科白《ぜりふ》を投げつけて主人たちのあとにつづく……。

石段の上では朋輩の遊女たちが、

「好いたらしい殿御だことねえ」

「だれが？　あの荷持ちがかい？」

「馬鹿を言いなさんな。姫さまのおつれあいだよ。妙がのぼせたのももっともじゃないか」

「でも仲むつまじい夫婦雛《めおとびな》。あれじゃあ妙なんぞ、はじき出されるのは当り前だね」

無作法なおしゃべりを投げおろして寄こす。前を行く六郎と鞠子の耳に、その声が届かないかと刈藻ははらはらして、

(お参りになど来なければよかった)

淡い悔いを噛みしめた。

秋晴れの上天気に思わず浮かれて、遊山《ゆさん》半分の物詣でをこころみ、若い二人を不快に

させたばかりか、会ってはならぬ相手に出くわしてしまった……。そう思うと、なにか禍事《まがごと》を背負い込んだ感じにすらなって、刈藻の気分は塞《ふさ》いだ。

　追いついた下部が、

「妙のやつ、やっぱりいかがわしい商売をしていたのですなあ」

息を切らしながら話しかけるのも煩《わずら》わしい。

「化粧坂にいるらしいと、いつぞや出入りの塩売りが話してたけど、その通りでした。女房衆が、もっと詳しく実否をさぐってこいと言いつけておられたようですが、当人があけっぴろげに告げたんですから、これほど確かなことはございませんな」

　今様の上手とは片腹いたい、辻立ちの夜発《やぼち》にまで堕《お》ちずにすんだのが、めっけものではないかと、いい、したり顔に蔑《おとし》める下部を、

「もう妙の噂など、よせ」

　六郎が抑えて、

「いかがあそばしますか？　お方さま」

　さりげなく話題を転じた。

「まもなく下若宮の四ツ辻に出ます。三寅ぎみとやらの鎌倉入り、ごらんになって帰られますか？」

「そうねえ、あなたがたは？」

「お方さまさえよろしければ、見てまいろうとぞんじますが……」

「きっと美々しいご行粧ですよ。話の種になりますわ母さま」

と鞠子もすすめる……。若い彼らは、すばやく気分を切り変えたらしい。

「その通りね。目の法楽《ほうらく》と思って、では拝見していきましょうか」

大路に近づくにつれて、だが人数はぐんぐんふえ、警護の兵卒が張り渡した綱のきわまで一寸《いっすん》のゆとりもない混みようとなった。

「ちょっとごめんんよ。少し詰め合っておくれ」

下部があつかましく人垣を割り、刈藻と鞠子を前のほうへ押し出すまにも、

「来た来たッ、前駆の随兵《ずいひょう》たちだぞッ」

伸びあがり波打って見物は揺れ返し、その叫びにたがわず先陣の蹄《ひづめ》の音が早くも入り乱れて聞こえはじめた。

「鎮《しず》まれッ、声を立ててはならんぞ。静粛に……静粛に……」

兵卒どもの叱声が終らぬうちに、三浦、宇都宮、天野、武田ら、屈強の騎馬武者が姿を現した。飼い肥らせた乗馬にそれぞれ好みの鞍を置き、半武装のよそおい厳《いかめ》しく反り身になって通りすぎる。

つづく女輿《おんなごし》には乳母をはじめ、老若幾人もの女房や女童《めのわらわ》が飾り立てて乗りこみ、三寅ぎみのお輿の左右は狩装束《かりしょうぞく》の侍たちが徒歩《かち》立ちで警固していた。

お見送りのため、はるばる京都からお供して来た殿上人・諸大夫の牛車《ぎっしゃ》がそのあとにつづき、後陣は島津、中条の手の者が固めて、整然と練って行く。

殿《しんがり》は北条相模守時房がうけたまわり、馬上ゆたかに、威儀を正して扈従《こじゅう》した。三寅ぎみは時房の北ノ方に抱かれていた。数え年で二歳……。満でいえばまだやっと一歳半の乳呑み児にすぎない。

「やあ、愛らしいわ」

「おむつにくるまった将軍さまかよ」

兵卒の制止もきかず、群集はどよめいて遠来の幼君に手を振りぬく。

だが心ある者の目は、お祭りさわぎの裏にひそむ現実を見据えていたはずである。判断力も統治力も持たぬ赤児が、名ばかりの首長となった幕府……。北条執権家の権威はゆるぎないものとなるだろうし、幕政もその意のままに取りしきられることとなるにちがいない。

子供は、しかし無心だった。沿道の歓呼にも自身の未来にも今はまだ、思い及ばず、つぶらな瞳に秋の雲を映《うつ》したまま、指をしゃぶりつつ遠ざかる……。

このまま大倉の、執権義時の邸内に建てられた新御所へ三寅ぎみは入御《にゅうぎょ》する予定であった。

「人形のようでしたね」

「錦繍《きんしゅう》に包まれ、相州の北ノ方に宝もののように抱かれて……」

六郎と顔を見合せ、小声でささやき交しながら鞠子は瞼《まぶた》を赧《あか》める。子というもの……。それを持つ日のときめきを、甘ぐるしく思い描いているのだろう。

そんな二人が刈藻はいとおしい。ほんの少し羨《うらや》ましくもあった。虜《とりこ》となった敗将の娘が、勝者の御曹司《おんぞうし》の慰みに供され、大ぜいいる側女《そばめ》の一人として短期間、気まぐれに弄《もてあそ》ばれた──それが左金吾将軍頼家と、刈藻の関係だったにすぎない。

みごもっても、したがって刈藻には、母となるよろこびなど微塵《みじん》もなかった。むしろ女体の宿命のおぞましさを呪ったくらいだが、今となれば、

(鞠子を得たおかげで、生きつづけてこられた自分だった)

そう、つくづく思い知ったし、頼家への対し方も、

(鞠子を与えてくれたお人……。さらにはその胎を介して、孫までを贈ってくれようとしているありがたいお人……)

とまで、刈藻の中で変化して来ている。

——三寅ぎみの行列が消えると、現金に見物人は散りはじめ、大路はカラリともとの広さをとりもどした。大気の流れまでが、海ばたの町らしい磯臭さを急に濃くしはじめる。

日はいつのまにか傾きかけ、空はほんのり茜《あかね》を流している。まだそれでも充分に、あたりは明るい。

「出たついでに、海を見ていきましょうか」

珍しくはしゃいで、鞠子が提案した。

「けっこうよ。まだ帰るには惜しい時刻ですものね」

刈藻が言い、六郎も笑顔で先に立ったのに、

「土用すぎの海はあぶのうございます。海月《くらげ》におみ足を刺されますぞ」

下部ひとりは不服顔だ。

「海になど入りませんよ。もう水は冷たいでしょうから……」

「ところがお方さま、浜へ出るとお若いかたがたは、えて履物をぬぎ、打ち寄せるさざ波を踏んで走り廻ったりなさいます。今ごろの海月はうじゃうじゃ岸近く群れて来ており ますでな」

その警告にまちがいなかった。夏のさかりは沖にしかいない海月が、ひしめくように

渚に集まって来ている。

とても素足で波とたわむれることなどできないが、刻々、燃えを深くしだした空いちめんの夕焼けに映《は》えて、透明なはずの海月までが薄紅色に染まって見えるのは美しかった。

「まるで夢のようね母さま」

「ほんとにねえ。きれいだこと……」

岩かげにしゃがんで母子は見とれる。足もとの不安定さを気づかって、六郎がうしろに立った。

足かけ三年をすぎかけた現在、さすがに朽ち崩れたか、それとも野鼠《のねずみ》が巣穴へ落穂《おちぼ》を曳き込むように、浜辺の漁民らが焚き木の代《しろ》に持ち去ったか、「実朝の船」は、もう浜辺のどこにも見当らなかった。

五

磯遊びの日から七カ月目……。承久二年の春のはじめに、鞠子はつつがなく産を終えた。ほころびそめた桜の花びらを思わせるいたいけな、やや小柄な女児であった。

十九歳の若ざかりで母になっただけに、鞠子の恢復は早く、産後もやつれるどころか、肌などかえってみずみずしさを増した。絞って捨てるほど乳も出て、

「乳母などいりません。手塩にかけてわたくしが育てますわ」

ほほえむ表情にも自信が溢れている。惜しげもなく衿をくつろげて、赤児に乳房を含ませる姿……。胸もとの、輝くばかりな白さに、女体の熟れの深まりが甘やかに匂った。

とりあえず童名《わらわな》を、刈藻が万亀《まき》とつけたのは、鶴は千年亀は万年の長寿にあやからせたかったからで、それは、

「三十前後……」

と、あの忍寂に占われた鞠子の寿命への気がかりが、心の隅にまだ薄くこびりついていたからである。

子の肥立《ひだ》ちにつれて、だが、気がかりもこだわりも消え去った。その泣き顔や寝顔を中心に、召使までを巻き込んでの団欒《まどい》の輪がつくられ、静かだった邸内は、

「あれあれ、鈴を振ってお聞かせすると、おめめをパッチリ見ひらいて……」

「お笑いあそばしましたよ、まだお頭《つむ》もよくお据《す》わりあそばさぬうちから、なんとまあ巧者な嬰児《やや》さまであろ」

笑う声、あやす声など、明るいさざめきに二六時中、満たされはじめた。

「万亀よ、よしよし、よい子だぞ」

　ぎごちなく抱きあげる六郎の膝が、いつのまにか濡れてきて、

「わッ、尿《しい》だ尿だ」

　うろたえるのさえ女たちはおかしがる。

　常春《とこはる》とも思えるそんな毎日に、ひと筋、細い亀裂が入ったのは、同じ年の初夏、四月だった。京で仏道の修行にはげんでいたはずの花若が、六波羅《ろくはら》の兵に襲われ、東山の某寺に逃げこんだところを捕えられて、その場で斬殺されたとの知らせが入ったのだ。

　叛を計ったわけでも何でもない。

「新将軍が決定した今、選に洩れたのを恨《うら》んで事を起こすといけないから……」

　という先走った、たったそれだけの理由で、花若は命を絶たれたのである。

「令《れい》をくだされたのは尼御台、ならびに執権義時どのの」

　と聞いて、

（なんというお心のむごさか）

　刈藻は鳥肌立った。源家正嫡の男子は花若を最後に、これでことごとく滅《めつ》し去ったことになる。花若の享年は、わずか十八……。

「左金吾将軍の遺児のうち、男児三人のご寿齢は二十《はたち》までに尽きよう」

忍寂の予言がまた、的中したのだ。

仏間に走って、刈藻は祈った。両親の位牌、亡夫の位牌……。新たに安置した公暁や千寿丸の霊位にも、手を合せて、

「鞠子をお守りくださいませ」

一心不乱に念じた。

「女ゆえにただ一人、鞠子のみは今なお命ながらえております。夫を持ち、子に恵まれ、ささやかな仕合せを噛みしめております。どうぞこのような明けくれが、いつまでもつづきますように……。何ひとつ、ほかに望みは持ちませぬ。夫婦親子が平安にくらせる日々だけを与えてやってほしいのでございます。わたくしの命に代えても……」

六

連日連夜、武装した将兵や軍馬の列が、海道口を西へ西へ進発しはじめたのは、花若の死からほぼ一年後。灼けつきそうな炎暑のただ中であった。

後鳥羽上皇が討幕の兵を挙げたのだ。史上いうところの『承久ノ乱』の勃発である。かねがね上皇は、君主としての恣意《しい》を思うさま振るい、豪奢な一生を送った白河院・

鳥羽院ら、院政期の帝主たちにあこがれ、黄金時代の再来を夢見ていた。

しかし百五十年前と現在とでは、政情が大きくちがって来ている。平家が興《おこ》り、源氏が起《た》ち、支配権は武家の手に帰したのに、そのへんの認識が後鳥羽上皇はずれていた。

もっとも、二代将軍が修禅寺で暗殺され三代将軍が甥《おい》に弑《しい》され、その甥までが横死するという鎌倉幕府の現状を見れば、

「蝕《むし》った木だ。ひと押しで倒れるぞ」

たかをくくったのも無理はない。

何はさておき、兵員の確保が肝要である。北面《ほくめん》や滝口など朝廷直属の武士のほか、新しく仙洞に西面《さいめん》を設置して、上皇は兵力の増強をはかった。

「北条氏の擡頭《たいとう》をこころよからず思っている者は少くないはず……」

その読みのもとに、大番役で在京中の坂東武者にまで内々、呼応をよびかけたし、

「鳥羽離宮で流鏑馬《やぶさめ》揃えを催す」

との口実をもうけて、諸国の兵を集めもした。

「梶原・比企・畠山・和田など、幕府草創の昔から頼朝の片腕となって働いた功臣どもは、策謀に遭《あ》ってつぎつぎに屠《ほふ》られ、いま残る大族は三浦氏のみとなった。当主義村はかならずや危機感を抱き、北条氏との対決に備えているにちがいない」

そう踏んで、

「宮方に馳せ参ずれば、恩賞は乞うにまかせるぞ」

と三浦一族を誘ったが、例によって義村は、この上皇の思惑《おもわく》に肩すかしを食わせ、使者を追い返したばかりか、詳細を幕府に内通してしまった。

大寺大社に奉幣《ほうへい》し、関東調伏の加持祈禱もさかんに修させた。「義時追討」の院宣《いんぜん》までが五畿七道に発せられたと聞いては、幕府も肚《はら》を固めざるをえない。

尼御台政子が将士らを御堂御所《みどうごしょ》に集め、

「故右幕下の旧恩に報いたてまつるのは今、このときじゃ。非義の宣旨に服する輩《やから》は早々上洛して宮方につくがよい。忠節を存ずる武士《もののふ》のみ力を合せて、故殿《ことの》の遺跡《ゆいせき》を完《まっと》うせよ」

声涙共にくだる訓示を垂れたことで、士気は天を衝《つ》くばかりあがった。

たちまち軍備がととのい、東海・東山・北陸の三道から総勢十九万の大軍が京を目ざすことになったのだが、執権義時にすれば、いきなり朝敵呼ばわりされ、追討の院宣を発せられたのがやはり相当にこたえたらしい。

「いざ、出陣」

となったその日、空がにわかにかき曇って夕立が降り出し、屋敷の厨房に落雷……。

鉄製の大釜がまっ二つに割れたのを見て、

「不吉だ。今日の出立《しゅったつ》は中止しよう」

彼らしくもない弱音《よわね》を吐いたのを、

「くだらぬ縁起かつぎはおやめなさい」

諫めたのは、大江広元であった。

「あれは文治五年、右幕下頼朝公が奥州藤原氏を討つべく、おんみずから陣頭に立たれたときです。轟音とともに陣中に雷が落ちました。意にも介せず軍を進めて右幕下が大勝されたのは、ご承知の通りです。落雷は戦陣の佳例ではござりますまいか」

これより先、軍議が開かれて、

「足柄・箱根の両関を塞《ふさ》ぎ、勝手知った東国の山野に官軍をおびき寄せて戦おう」

と、衆議一決しかけたのを、

「愚策きわまる」

一言のもとに斥《しりぞ》けたのも広元である。

「巣にとじこもる獣《けもの》に勝目はござらん。官軍の下向をぐずぐず待つうちには、お味方の中から異図を抱く者が出るやもしれぬ。士気さかんなこの機を逃がさず、一気に軍を進めて洛中に攻め入るべきじゃ」

義時は迷い、尼御台に議《はか》ったところ、彼女の意見も広元と同じく、

「守るより、攻めるにしかず」

という積極戦法だったため、進軍に決定したのだ。

頼朝の帷幕《いばく》にあって長年月、無二の相談役をつとめ、難局の打開に貢献してきた広元は、もはや「長袖《ながそで》の公卿あがり」などと軽んじられる存在ではなかった。坂東骨《ぼね》を誇る生《は》えぬきの武将らよりも、その気概と決断力はたくましく、的確ですらあったといえよう。


こうして、計十九万に及ぶ大軍が、怒濤の進撃を開始――。

はじめから児戯《じぎ》にひとしかった後鳥羽上皇の討幕計画は、ひとたまりもなく潰《つい》え、京都は幕軍に占拠されて、あっけなく乱は平定してしまった。

後鳥羽上皇は隠岐《おき》に、そのお子の順徳・土御門両上皇はそれぞれ佐渡と土佐に配流《はいる》され、順徳の子息九条帝は廃されて、後堀河天皇が践祚《せんそ》した。

新帝は、後鳥羽院の甥にあたる。父の行助法親王《ぎょうじょ》ともども、ひさしく世の片隅に押しやられていたのが、思いがけず日の目を見、頭上に帝冠を頂くことになったのである。

このほか廷臣の更迭《こうてつ》、六波羅の強化、論功行賞など、てきぱきおこなわれた戦後処理

の中で、九死に一生の思いを味わったのは西園寺公経《きんつね》・実氏《さねうじ》父子と、九条道家ではなかったろうか。

道家は、幼将軍三寅ぎみの実父……。公経と実氏はその母方の祖父と叔父にあたる。

当然、後鳥羽上皇には憎まれて、

「鎌倉に内通しかねぬ者ども」

と警戒もされた。公経父子など、うかうか参内して来たところを捕えられ、弓場殿《ゆばどの》に身柄を軟禁されてしまったばかりか、

「生かしてはおけぬ。首を刎《は》ねろ」

とまで上皇は逸《はや》ったほどだから、戦闘が長びきでもしたら命は無かったかもわからない。

幕軍の勝利という形ではやばやと乱が終結してくれたおかげで、西園寺父子はふたたび息を吹き返したばかりか、三寅ぎみという紐帯《ちゅうたい》を介して、前にもまさる強い結びつきを、幕府との間に復活したかに見えた。

七

戦時色に塗りつぶされ、一時、騒然となった鎌倉の町にも、庶民たちの平常通りな生《なり》業《わい》がもどった。

竹林の奥にひっそり埋もれてすごす竹ノ御所の人々には、まして戦中も戦後もない。生後一年半に近づいて、万亀はもうすっかり赤児の域を脱した。よちよち歩くし、回らぬ舌で片コトも言う。庭へ出たがり、

「ばば、ばば、おんも」

おぶさろうとして、腰にまつわりつく仕草のあどけなさ、可憐《かれん》さ……。一日相手をしてやっても刈藻は飽きない。二歳をすぎて、足も舌もいっそう達者になると、

「いやよ、この櫛《くち》、万亀のだもの、ばばたまには貸ちてあげない」

駄々こねや憎まれ口をきくようになったが、それさえ、

「おお、おお、よいとも、万亀にあげようね」

言いなり放題に許してしまうだらしなさである。

万亀のいるところ行くところ、笑いが絶えず、

「子を持つと、冬ざれの季節ですら花園に遊ぶ思いですなあ」

六郎の述懐にも実感がこもった。

——年号は承久から貞応《じょうおう》と改まり、そろそろその年も終りに近づいた霜月なかば、しかし石を投げられた池の面《おもて》に似て、竹ノ御所のおだやかな日常に思いもよらぬ波紋が生じた。尼御台政子からの書状をたずさえて、使者がやって来たのだ。

「なにごとでしょう母さま」

「さあ、ともかく、お文《ふみ》を拝見せぬことには……」

状の封を切ろうとして、刈藻の指は慄えた。灯台を中に、六郎も案じ顔を寄せてきたが、男まさりな達筆で記されていたのは、

「三寅ぎみのお慰みに、大倉御所の南庭で犬追物《いぬおうもの》を催すゆえ、鞠子姫同伴にて陪観にまいられよ」

との、刈藻に宛てた招きだったのである。尼公の真意が、刈藻にははかりかねた。鞠子や六郎も、いぶかしげに目を見交すばかりであった。それほど、これまで疎遠にすぎて来た間柄なのに、なぜ今になって思い出したように招待の状など寄こしたのか。

実朝のときは、豪奢な唐船を見せびらかしたいという子供じみた浮かれ心から、だれかれかまわず船おろしの式に招いたらしい。

でも、今回はどうか？

尼御台政子にそんな稚気《ちき》があろうはずはないし、犬追物など格別めずらしい催しでもない。

相客《あいきゃく》が大ぜい来るのか。それとも刈藻母子だけに的を絞っての招待なのか。様子が少しもわからないのが気にかかる。ひどくぶきみでもあったけれど、

「お使者が待ち遠しがっておられます。なにとぞ、ご返事をお早く……」

老家司がおろおろ気を揉むのを見ると、いつまで思案してもいられなかった。結局ことわる勇気がないまま、

「ありがたくお受けいたしますと申しあげておくれ」

刈藻は、そう答えないわけにいかなかったのである。

――鞠子と手輿《たごし》に共乗りして、指定された日、三寅ぎみの住む大倉の御所へおそるおそる伺候してみると、しかし思いのほか尼御台の機嫌はよかった。

「よう参った。日ごろの無音《ぶいん》、勘忍しやれ」

とまで慇懃《いんぎん》に言う。

女にしては坐り嵩《がさ》のあるどっしりした恰幅《かっぷく》が、対する者に威圧感を与えるが、白絹に包まれた顔はふくぶくしく肉がたるんで、目袋《めぶくろ》に押し上げられた目は細い。笑ってな

どいないのに笑顔に見えるのは、垂れ加減なこの目のせいだろう。

相客は一人もいず、庭には犬追物のしつらえもされていない。刈藻母子の不審顔をはぐらかすように、

「三寅ぎみが『飽きた。見とうない』と仰せられたのでな、犬追物はとりやめじゃよ」

と尼御台は言う。

その三寅ぎみは、執権北条義時の北ノ方に手を曳かれて現れた。鎌倉入りした日から足かけでは四年たち、錦繍《きんしゅう》に包まれて指しゃぶりしていた赤児も、

「お手々、離してよ。ころびはしないよ」

ばたばた、一人で走りこんでくるほどの成長をとげている。——とはいえ、

「おあぶのうございますよ若ぎみ。……そら、ころばぬとおっしゃるお口の下から、もうおころびあそばした」

抱き起こす手の中で、わあッと泣き出す頑是《がんぜ》なさではあった。

公家《くげ》の出らしい色じろな、ふっくらと肥えた品のよい子柄《こがら》ではあるけれど、

「どこぞ痛くなされましたか？」

「お強い、お強い。男のお子がそのようにおむずかりなされては、人に笑われまするる」

「さあさあ、ここが若ぎみさまのご座所。行儀よく茵《しとね》にお坐りあそばせ」

乳母や侍女がちやほやすればするほど、

「いやだあ、いやだあ」

わがまま育ちが身についているのか、三寅ぎみは足をばたつかせて駄々こねをやめない。

このさわぎを、尼御台は冷然と眺めるだけで、ひとことも口をきかないし、

「なんとまあ、お美しい姫さまでしょう。花ならば桜にたとえたいご縹緻《きりょう》……。母上ゆずりでございますね」

と義時夫人も、三寅ぎみのやんちゃなど意に介さぬ顔で、しきりに刈藻母子に愛想笑いを振りまく。

この女性は名を光子といい、伊賀朝光《ともみつ》の娘で、義時より二十歳以上も年若な後添《のちぞ》いの妻なのである。赤児の三寅ぎみが鎌倉入りし、若宮大路を練った日も、行列拝見の人ごみの中から刈藻は光子を見て、

（あの謹厳そうな執権どののつれあいにしては、なまめかしすぎる妻室……）

と思ったが、その印象はいまも変らなかった。話術が巧みな上に、座持ちにもそつがなく、やがて酒肴が運ばれてくると、

「さあ、まず尼公さまからお一つ」

すぐさま提子《ひさげ》を取って光子は酌をする。

「いただこうかの」

干した盃を、手に持ったまま、

「ほんに、美しく育ち上ったものよ」

細い目を、尼御台もさらに細めて、

「幾つになったな？　鞠子は……」

刈藻にたずねる。

「二十を一つ越しました」

「そうか、二十一になりゃったか」

と、なにげない口つきで、

「今日、そなたたち母子《おやこ》を招いたは、ほかでもない。三寅ぎみと鞠子を婚約させようと思うてじゃ」

尼御台は切り出した。

「婚約⁉」

刈藻はのけぞった。

「おそれながら、ただいまも申した通り鞠子は二十一、若ぎみは……」

「五歳じゃ」

「あまりにも、お、お年が……」

「かまわぬ。年の差など」

「でも……でも」

母の必死が、刈藻を奮《ふる》い立たせた。

「それでは鞠子が不憫《ふびん》でございます。心も身体も、はや一人前に成熟しきった娘……。若ぎみの成人をお待ちいたすうちには、むなしく盛りを過ぎてしまいましょう。屍《しかばね》同様となって得る御台所の座よりも、鞠子には貧しくても人並《な》みな仕合せを味わわせてやりとうぞんじます」

「お黙りッ」

鋭い叱声が、刈藻の耳に突き刺さった。

「冥利《みょうり》ということを、そなたは知らぬか。左金吾頼家の他の遺児どもを見よ。一人として満足に命をまっとうした者があろうか。女子《おなご》なればこそ鞠子は、生きながらえることができたばかりか、将軍家正室の地位にまで昇れるのじゃ。不足など言うては罰があたろう」

一見、柔和そうな福相は、顔面に固定したきり動かない。それだけに尼御台政子の全身から発する気迫、その勁《つよ》さ冷たさが、いっそう恐ろしいものに感じられる。

わななきながらも、刈藻は死もの狂いで抗《あらが》った。

「お言葉を返すようではございますが、尼公さまも、かつては大姫ぎみのおん母であられた身……。娘の幸《さち》を念じる親ごころの切なさは、お察しいただけるはずとぞんじます。どうぞ……どうぞ三寅ぎみとのご縁組みばかりは、ご容赦なされてくださりませ」

鞠子にはすでに夫がいます、子もおりますと、咽喉《のど》もとまで出かかった絶叫を、渾身《こんしん》の力で刈藻が嚥《の》みくだしたのは、それを知ったが最後、尼御台政子がどのような措置に出るか、すばやく察知したからだった。

（六郎や万亀を、のめのめ生かしておく尼公ではない）

こんりんざい、二人の名を洩らしてはならぬ、その存在を知らしめてはならぬと思い詰めた刈藻が、光子の情《なさけ》にも縋《すが》ろうとして、

「お口ぞえを……北ノ方さま」

にじり出ようとしかけたとたん、母の涙を押し伏せる語気で、

「身に余るご諚《じょう》……。わたくしはつつしんで三寅ぎみとの婚儀、お受けいたしとうございます」

鞠子が低く言い放った。

「そなた、気でも狂ったか？」

いったんは耳を疑った刈藻も、すぐ気づいた。本気で承諾した鞠子ではない。彼女もまた、夫や万亀の身に危害が及ぶのを懸念《けねん》し、

（この場での抗弁は無駄……）

と見て取って、心にもない一時のがれを口にしたにちがいなかった。

散りいそぐ花

一

刈藻《かるも》の推量通りであった。婚約を承知したことでようやく虎口を脱し、母子は帰邸を許されたのだが、道すがら輿の中で、

「お気づかいは無用よ母さま」

鞠子《まりこ》はささやいたのだ。

「年月はまだ、たっぷりあります。三寅《みとら》ぎみのご様子、ごらんになったでしょう？　大人たちの切迫したやりとりに目もくれず、手づかみで唐《とう》菓子を召し上ったあげく、乳母の膝にもたれて眠っておしまいになった他愛なさ……。まわりがいくら焦《あせ》っても若ぎみ

が成長なさらぬかぎり、どうすることもできない話ですもの。ゆっくりその間に、手だてを考えればよいわけですよ」

日ごろ気弱《きよわ》にすぎると思うほどおとなしい鞠子に、刈藻は教えられた気がして、ひそかに恥じ入った。

五歳の幼童と、二十一の娘を結びつけるなどという非常識な申し出を、しかも抜き打ちに聞かされて動顛《どうてん》し、無我夢中で拒絶ばかり口にしてしまったが、そんな対応は拙劣だったと今さらながら気づいたのである。竹ノ御所にもどって六郎に経緯を語ると、呆れながらも彼はほろ苦く笑って、

「情勢が変る場合も考えられます」

鞠子に劣らぬ余裕《よゆう》を見せた。

「あすがどうなるか、予断できないのが政情というものです。まして五年さき十年さきの世の中など、だれにもわかりますまい。固くつがえた約束も、状況の推移によっては跡かたなく流れてしまうことになりかねないのですから……」

「そうですとも母さま。さしせまった難題ではありません。あまり悲しまないでくださいね」

こもごも慰められて、刈藻の昂《たかぶ》りは収まったけれども、以来、時おり大倉の御所へ呼

ばれ、幼い婚約者の遊び相手を仰せつかる鞠子を見るのは、やはりたまらなく辛《つら》かった。娘の身を案じて、召されるたびにかならず付き添って行く刈藻へ、

「来てはならぬ」

とは、さすがに尼御台も光子も言わない。

竹馬、すごろく、地蔵隠しなど子供らしい遊戯に熱中しているさなか、三寅ぎみはあどけなく、

「おしっこ」

鞠子に向かって両手を差し出すことがある。万亀《まき》を扱い馴れている鞠子が、

「はい」

抱きあげておまるにしゃがませる姿、とろとろと遊び疲れて寝込めば、小声で子守り唄を歌ってやり、甘えて手を衿もとに入れてくれば、それにも耐えて乳房をまさぐらせる姿……。見るたびに、

（浅ましい）

娘の屈辱を思いやって、刈藻の胸は煮えたぎった。

（こんな奇妙な許婚者《いいなずけ》が……夫が……妻が、世に二人とあろうか）

いっそ鞠子は、男に生まれればよかった。殺されてもかまわぬ。男と生まれて、公《く》

暁《ぎょう》のように「父の仇」と狙った相手を殺し、ひと思いにみずからも死んでのけたほうが、生きて辱《はずかし》めを受けるよりましだったとさえ刈藻は思う。

女ゆえに、謀叛人に担がれる危険がなく、また女ゆえに、子を産む道具として残された鞠子――。彼女のほか、もはや一人も源氏の正嫡がいなくなった現在、たとえ三寅ぎみの胤《たね》ではあっても、鞠子の胎《たい》を借りて出生した子供は、ほそぼそながら右幕下頼朝の〝血〟の伝え手なのだ。

頼家《よりいえ》将軍の子、実朝《さねとも》将軍の子であっては、濃すぎる血……。公家《くげ》出の三寅によって薄められた血の継承者でも、母が鞠子ならばかろうじて、〝源氏の嫡統〟と呼ぶことができる。

(無難な、薄い血の正嫡を、建て前だけで必要としている北条執権家――。鞠子はその目的に使われるために、これまで目こぼしされ、生き残らされて来たのだ)

と、刈藻にも今は理解できる。無念だった。鞠子の身にふりかかった理不尽な強圧が、なんとしても我慢なりがたかった。

(かならず、はね返してやる!)

刈藻は誓う。六郎がい、万亀がいるのに、彼らの妻であり母でもある鞠子を、権力の犠牲《にえ》に供することなど許すことはできない。

（打開の手段を考えよう）

思いめぐらしているやさき、北条義時が頓死した。

姉の尼御台政子をさえ内々はあやつっていた策動の根本……。痩せ緊《しま》ってはいるが鍊《きた》えぬいた強靭な体質の持ちぬしで、病気の徴候もまったくなかったのに、突如みまった卒中の発作《ほっさ》で義時はあっけなく六十二年の生涯を閉じたのである。このため一部には、

「病死ではない。刺客に襲われたのだ」

と真顔《まがお》で否定する者がいたし、

「いや毒殺だよ。後妻が一服盛ったらしい」

そんな信じがたいささやきまで交されたほど、急な死ざまだったのだ。

ところが、物騒なその噂を裏書きするかのように、義時の死後十日もたたぬうちに美貌の未亡人光子が、三寅ぎみの殺害をくわだてるという珍事が持ちあがった。

場所は若ぎみの住む大倉の御所――。

しかし直前に事が洩れたため、若ぎみは危機一髪、御所をぬけ出して一命をとりとめた。光子と彼女に加担した余類が、残らず召し捕られ、処罰されたのはいうまでもない。

亡くなった義時には、跡取り息子の泰時《やすとき》ほか、朝時《ともとき》、重時《しげとき》、政村《まさむら》、有時《ありとき》など、たくさ

んな子女がいる。このうち政村と、一条実雅《さねまさ》という公家にとつがせた娘だけが、後妻光子の所生だった。

かねがね、この娘婿《むこ》を将軍位に据え、実の子の政村を執権にして、あわよくば二代目尼将軍の座にのしあがろうと望んでいた光子が、夫義時の死を、

(好機、到来!)

と見、兄の伊賀光宗と共謀……。三寅ぎみを殺そうと企てた、というのが公表された事件の概要である。

政所《まんどころ》の執事《しつじ》をつとめる光宗は、

(われら兄妹《きょうだい》と弱輩の政村、公家あがりの一条実雅だけでは心もとない)

と判断し、計画を三浦義村に打ちあけて、三浦氏の武力を借りようとした。

「よろしい。同心しよう」

たのもしげに胸を叩いて義村は受け合った。

「わしは政村どのが元服したさい、烏帽子《えぼし》親を引きうけた。そのよしみのほか、執権家の跡取りのあの、武蔵守泰時めに、じつは恨みがござるのよ」

「ほう、どのような?」

「だいぶ以前の話じゃが、泰時にとつがせておいた娘の一人を、これという落度《おちど》もなし

に離別されたのじゃよ。義時どのが他界したとなれば、長男の泰時があと釜に直るは必《ひっ》定《じょう》……。わしは内心、やつの執権職就任には大不平なのさ」

「ありがたい義村どの、では、ぜひともわれらに味方して、実雅、政村らの擁立にご尽力たまわりたい」

「念には及ばぬ。親船に乗った気で事を進めさっしゃい」

そのくせ、またもやどたんばで、定石《じょうせき》通り三浦義村は伊賀兄妹を裏切り、事のいきさつを幕府に訴えて出たのだ。

おかげで三寅ぎみは危急をのがれ、謀叛人らは一網打尽の憂《う》き目にあって、光子は伊豆の北条に幽閉……。光宗は信濃へ、一条実雅は越後へ、それぞれ配流《はいる》されてしまったのである。

「根も葉もない言いがかりですッ、このわたしが、養君《やしないぎみ》の三寅さまを弑《しい》すなんて、そ、そんな無茶な野心を起こすはずはないッ、三浦義村が訴人して出たそうだけど、その訴えこそ疑わしい。調べてくださいッ、もっと、よく……」

髪ふり乱して光子は叫び立て、水も飲まず食事もせず、あげく衰弱しきって、ほとんど狂い死同様な最期をとげたし、一条実雅に至っては越後に流罪《るざい》後、番卒どもの手で川へ突き落とされ、〝自殺〟の体裁で処分されるみじめさであった。

事の真相を、だが、世間の口は、

「後家どのの言う通りだ。ぬれぎぬに相違あるまい」

ひそひそ、ささやき合った。

表面、なんの確執《かくしつ》もなさそうに見えながら、じつは前々から尼御台は、派手好きな弟の後妻を、

「驕慢な女じゃ。虫が好かぬ」

内輪《うちわ》の者たちには指弾していた。

このため、やはり若い継母《ままはは》と反りの合わない泰時をかたらい、架空の陰謀事件をでっちあげたのではないか。そして、北条氏の犬の三浦義村に例によってひと役受け持たせ、光子兄妹とその娘婿を、まんまとおとしいれたのではないか——そう、推量したわけであった。

「もし、この風評にあやまりないとしたら、尼御台というおかたは……」

「しんそこ、怖《こわ》いご本性だことねえ」

と竹ノ御所でも、小宰相《こざいしょう》ら召使の女房たちまでが眉をひそめ合ったが、大倉御所へ招かれた日、愛想よく酌などしてくれた光子の、あでやかな笑顔が思い出されて、刈藻と鞠子はことにもその、むざんな末路に胸をしめつけられた。

権謀の塊《かたまり》、尼御台政子。

（あのようなおかたに見込まれて、はたして逃げ切る手だてはあるものだろうか）

ようやく取りもどしかけた気力が、刈藻はまた萎《な》えそうにさえ思ったけれど、人間の寿命は無限ではなかった。

伊賀氏の乱がおさまって、ちょうど一年後——。嘉禄《かろく》元年の六月に、まず大江広元が卒去し、ひと月のちの七月には尼御台が、六十九歳を一期《いちご》に世を去ったのである。

「狂死した義時未亡人の怨霊に、とり殺されたそうな」

「夜な夜な尼御台のご寝所に立ち現れ、呪いの言葉を浴びせるのを、侍女や侍どもまでが幾たりとなく、見もし、聞きもしたというものな」

ぱっと噂が拡まり、寄るとさわるとその話で持ち切りになったのは、下民の末までが光子兄妹の冤罪を信じ、ひそかな同情を寄せ合っていた証拠といえる。

ともあれ、義時、広元、政子のあいつぐ死は、鼎《かなえ》の脚さながら幕府を支えて来た三本の柱石《ちゅうせき》が、一挙に引きぬかれたことを意味していた。

諏訪六郎の予測にたがわず、まさに、

「情勢の変化」

が起こったのであった。

二

刈藻の心中に希望が芽ばえた。

(三寅ぎみと鞠子の婚約は、尼御台お一人の仰せにすぎない。公《おおやけ》に申し渡されたことではないし、その尼公が薨《こう》ぜられたのだから、うやむやに沙汰《さた》消えとなっても訝《おか》しくないのではないか)

妻が夫より十六歳も年上という組み合せは、いかにも不自然にすぎる。いま鞠子は二十四、三寅ぎみは八歳だから、あと十年ぐらい待たなければ妻を懐妊させる身体にはなれないし、三寅ぎみが一人前の男に成人したとき鞠子のほうは、すでに三十四——。妊娠も出産も困難な年に達してしまっているはずである。

「だれが考えても無理な話なのだから、取りやめになるにきまっていますよ」

鞠子や六郎にもそう言って、かすかながら前途に、刈藻は光明を抱きはじめていたのだが、泰時が新しく執権の職につき、叔父の時房《ときふさ》を連署《れんしょ》に据えて幕政を発足させてからも、婚約を解消する気配はまったく伝わってこなかった。

それどころか、尼御台の逝去から五カ月経過した嘉禄元年十二月、三寅ぎみは八歳で元服式を挙げ、「頼経《よりつね》」と改名……。童形《どうぎょう》から成年男子へと、姿を変えた。

そして翌二年の正月、正五位下右近少将に任ぜられ、征夷大将軍を兼ねて、名実ともに鎌倉の主《あるじ》となったのである。

その拝賀の祝いに刈藻母子も招かれ、改めて北条泰時の名で、竹ノ御所鞠子と頼経将軍との婚約が、正式に発表された。鞠子はこの年、二十五、新将軍は九歳であった。

同時に、これも泰時の口からきびしく申し渡されたのは、

「できるかぎり向後は大倉のお屋形《やかた》に伺候し、御所さまのお身近くはべって、やがての祝言にそなえ、親しみを増すよう努められよ」

との要請である。

一縷《いちる》にせよ、なまじ希望を抱かされたあとだけに、急転直下といってよい状況の悪化は、刈藻を打ちのめした。

（鞠子たちをどこぞ遠国《おんごく》へ逃がそう。もうそのほかに、夫婦を災厄の淵から救い出す術《すべ》はない）

覚悟をきめて、鞠子にも鎌倉を立ちのくよううながしたが、

「どのような地の果てにでも参る決意ではおります。ただ、母さまとご一緒でなければ嫌でございます」

言い張ってきかない。

「わたしだって、そなた夫婦や万亀と別れるのは身を切られるほどつらい。でもね姫、それでなくてさえ子づれで逃げるのですよ。身体の弱った年寄りまでが同行したら、そなたたちの足手まといになるばかりでしょう」

それは事実だった。五十の坂を越して以後めっきり足腰が衰え、時おり背と肩に痛みも走って、灸治《きゅうじ》や鍼《はり》を欠かせなくなっている刈藻である。追手の目をかいくぐっての逃避行など到底、不可能だったのだ。

「いや、お方《かた》さまは手前が背負ってでもお供します。万亀ももう七歳。自分の足でじゅうぶん歩けるはずですから……」

六郎が言い、

「だいいち、わたくしたちの逃亡が露見したら、母さまがどんな仕置きに遇《あ》われるか……。それを知りながら置きざりにして行くことなど、できるとお思いになって？」

泣きながら鞠子も責める。

「いいえ、いけません」

心を鬼にしてその涙を、刈藻は叱った。

「聞きわけのないことを言わずに、そなたたちだけで逃げておくれ。どのような片田舎でも親子夫婦がつつがなく生き延びていてさえくれれば、それで母は満足なのです。老いさき短いこの身など八ツ裂きにされても悔いはない。恐ろしくもない。母への未練《みれん》は断ち切って、首尾よく逃げおおせることだけを考えてくれなければ……」

それでも説得をあきらめずにいる鞠子と六郎へ、

「では、たった今、わたしは自害しましょう」

ついに刈藻は言った。

「ながらえているからこそ、そなたたちは母の身の上を心配し、つれて行こうともしたがるのです。命を断てば、気がかりの種もなくなるだろうから……」

懐剣の柄をにぎりしめられては、

「あッ、待って母さま、早まったことはなさらないで！」

狼狽し、鞠子夫婦は口を閉じざるをえない。

「わたしのことなどより、そなたたちの身の振り方こそ大事ですよ。木曾の者どもは心変りなどしていますまいね？」

それは三寅ぎみとの縁組み話が起こったときから、刈藻と鞠子夫婦の間でひそかに練り上げられて来た逃亡計画であった。

刈藻は朝日将軍木曾義仲の娘、六郎はその股肱《ここう》の臣の裔《すえ》である。

信濃《しなの》の須原の牧《まき》には、まだ遠縁の者や昔の郎従が残っていて、耕作し、馬を飼うなどしてくらしている。

いよいよとなったとき、刈藻は娘夫婦をそこへ逃がすつもりで、これまでに二、三度、六郎を隠密に木曾へおもむかせ、帰農した旧臣たちの反応をさぐらせていた。

朴直誠実な田舎気質を失わぬ彼らは、

「いつ何どきなりとお越しくだされ。ここらは里の者もめったに登ってまいらぬ山の中……。地頭《じとう》どもの探索がよしんば及んだところで隠れ場所は随所にござるし、まだまだ奥深い山中に洞《ほら》を掘り、小屋掛けすれば、姫さまがたと六郎どののお身柄ぐらい雑作《ぞうさ》なくお匿《かくま》いできまする」

そう受け合ってくれたという。

六郎の、この報告にまちがいなければ、親子三人、たとえ焼き畑《ばた》を打ってでも露命はつないでいけるし、

「とんでもない。衣食の算段などご無用になされませ。鞠子姫は故殿《ことの》のおん孫、万亀姫御前は曾孫《ひまご》さまじゃ。頭《かしら》に頂くお主《しゅう》を迎えれば、われわれも野良仕事に張り合いが生まれまするわ」

とさえ言っていると聞けば、ほとんど身一つで逃げ走っても、さし当り路頭に迷う憂

いはないはずだった。

——ただ、愛する者たちとの別離が、いかにもつらい。鞠子との別れ、六郎との別れ……。わけて刈藻を苦しめぬくのは万亀との永別であった。

もはやすっかり赤児離れし、日ましに愛らしくなり増さる孫娘が、

「ばばさま、お肩が痛むの？　万亀、撫で撫でしてあげる」

子供なりの気づかいをつぶらな目いっぱいに滲《にじ》ませて、背にもたれかかって来たりすると、

「ありがとうよ」

柔らかな、よい香りのするその手を刈藻はにぎりしめて、思わず涙にくれてしまう。

竹ノ御所で育ちつづけるかぎり、万亀は小さいながら召使らにかしずかれてくらす姫君だった。

頼家の側室たちには領所の地券が渡されてい、贅沢さえ望まなければ一応は、二代将軍の縁につながる者として恥かしくない程度の貢米《こうまい》が送られてくる。生活はそれで賄《まかな》われ、保証されてもいるわけだが、木曾の山中へ隠れ住めば、いままでとはがらりとちがう日常の中に身を置かねばならない。

(山家《やまが》の子……)

母親ゆずりの、金鈴《きんれい》を振るような涼しい、澄んだ声で歌い語るこの、姫育ちの少女の上に、仮借《かしゃく》なく降りそそぐであろう山の日ざし、風雨や雪の猛々《たけだけ》しさを思いやるだけで、刈藻の胸はつぶれる。哀れさに、塗りつぶされる。

(でも、でも……)

強《し》いてでも刈藻は、想念を明るい方へねじ向けようとつとめた。

木曾は彼女が生まれ育ったふるさとである。雄大な自然は、そのふところ深くかかえ入れた生きものたちの命を、慈《いつく》しみ、はぐくんでくれる力の所有者でもあった。

山家の子になり切り、牧の草地を裸足《はだし》で駆け廻る万亀、あざやかな手綱さばきで仔馬を御《ぎょ》す万亀……。そんな一齣《ひとこま》一齣を思い描くことも、刈藻にはさして困難ではない。

「落ちるなよう」

「気をつけてね万亀」

すっかり畑仕事に馴れた六郎と鞠子が、笑《え》みこぼれながら手を振る姿も、

(これはこれで、りっぱに一つの選択ではないか?)

そう思うことで懸命に、刈藻はおのれを納得《なっとく》させようと努力した。

手入れを怠らぬせいか、来る秋ごとにみごとな花穂《はなほ》を伸ばす前栽《せんざい》の芒《すすき》を指さして、

「万亀は、芒が好き?」

膝に抱きあげた孫へ、刈藻はたずねる。

「ええ、好きよ。お日さまが当るとキラキラ光って、きれいね」

「芒がね、このひと株の千倍も万倍も、なだらかな山裾を覆いつくしている所があるのよ」

「そんなにたくさん？」

「風が渡るたびに、銀色の波みたいに花穂がうねるの。万亀、見たい？」

「うん。見たい」

「蜻蛉《あきつ》が渦を巻きながら、いっぱいその上を飛び翔《か》けっているわ」

「尾っぽの赤いのも？」

「赤いのも、うんといますよ。人をこわがらないから、穂芒《ほすすき》の中に立つと万亀のお頭《つむ》にも肩にもとまるでしょうね」

「行ってみたいなあ、そこへ……」

「やがてきっと、行けるはずです。父さまや母さまと、ね」

「ばばさまは？」

「むろん、一緒に……」

言いさして、いそいで口をつぐむのは、うるみかかる声を聞かせまいとの気づかいからだった。ともすると近ごろ、涙ぐむことの多くなった祖母を、万亀はいぶかしげにみつめる。その目を刈藻は受け止めかねた。

三

別れを悲しんでいるのは鞠子夫婦も同じであった。生別は、すぐさま死別につながるのだ。彼らが鎌倉を脱出し、行方をくらませば、刈藻は逮捕され、どこへ逃がしたか、きびしい責め問いにあわされるだろう。苦痛に負けて白状することを恐れ、刈藻はつかまる前にみずから命を断つはずである。

「それを思うと、母さまを置きざりにすることなど、とてもできません」

鞠子は悶《もだ》える。六郎は決然と、

「おつれします」

言い放つ。

「力ずくででもこの背に縛りつけて、われらともども、お方さまを木曾へおつれするつもりです」

「そんなことをなさったら、六郎どのの背中で母さまは舌を嚙み切りますわ。足手まといになるまい、わたくしたちだけを無事に逃がそうと、一心不乱に思い詰めておられるのですもの……」

「ああ、困ったなあ」

つい、その逡巡が枷《かせ》となって、計画実行の決意をにぶらせる。

三寅ぎみが九ツや十《とう》の少年では、今すぐ鞠子の身に事の起こる心配はない。婚約者同士とはいえ、まだ当分の間は口約束の域を出るものではないとの安心感もある。

家族への、刈藻の執着、母への、鞠子たちの哀情……。それらがふっ切れないまますずると日が重なり、半年、一年、二年とたつうちにも、

「御所へ参りのぼられよ」

との召しに応じて、頼経将軍のご機嫌をうかがうために、鞠子はしばしば出仕しなければならなかった。

刈藻もかならず付き添って行ったが、ひ弱げな顔だちや身体つきは子供のままなのに、儀式の日には衣冠束帯、くつろいでいるときも立烏帽子に直衣《のうし》・指貫《さしぬき》など、服装だけ大人並《な》みな将軍を目にするのは、奇異な感じであった。もちろん身丈に合せて、小さく仕立てられてはいる。かえってそれだけに、ちぐはぐな、嫌悪のまじる違和感を、そのつど刈藻は味わわされた。

せめてもの救いは、頼経少年の側がまったく鞠子を許婚者《いいなずけ》と見ていないことだった。婚約の意味を理解していないのかもしれないが、

「竹ノ御所さまがお越しでございます」

うやうやしく侍女が告げても、

「ああ、そう」

うなずくだけで、その表情に何ら特殊な動きは生じない。刈藻はほっとして、将軍の、鞠子への無関心が、できるだけながくつづくよう心の中で祈る。

乳母やかしずきの女房たちが言いなり放題に甘やかすので、幼時よりなお一層わがまがつのり、癇癪《かんしゃく》を起こすと暴れて手がつけられない。そのくせ色の青じろい、首すじなど折れそうに細い神経質な少年で、

「上《うえ》さま、駄々こねはなりませぬ」

執権の泰時あたりに一喝されると、すぐべそべそ泣きじゃくりはじめる弱虫でもあった。

手習や論語・孝経の素読《そどく》などを、師について始めてはいるけれど、遊びたいさかりだけに机の前に坐るのが嫌でならないらしい。

その遊びも、ひとところのような地蔵隠し・双六といった子供っぽいものではあきたら

なくなり、同じ年ごろの近習どもを召し集めて小笠懸《こがさか》けや流鏑馬《やぶさめ》の真似ごと、角力・棒押しなどに熱中し出している。

「氏より育ちとは、よう言うたもの……。摂関家のお生まれでも、襁褓《むつき》のうちから鎌倉に迎えられて武門の中で成長なされば、詩歌《しいか》管絃の道よりもやっと参ったを好まれる。それがよいやら悪いやらわかりませねど、お元気なのは結構なことではありませんか」

と、女房たちは言い合うが、刈藻の思いはただ、ひたすら、鞠子が遊戯のお相手を免ぜられた安堵にだけ向けられていた。

　これより少し前、幕府は宇都宮辻子《ずし》に移転したので、泰時は通常ここに詰めて政務を見た。大倉の御所へはしたがって、さほど頻繁に顔を出さなかった。

　しかしいったん現れると、一日中じっくり腰を据えて、頼経少年の挙動を見守る。そして叱らねばならぬところは叱り、よい点は褒めて、教導の成果をあげようと腐心した。有力御家人をつぎつぎに蹴落とし、主筋といってもよい源家《げんけ》の血統までを根絶やしにしてのけた実績が証《あかし》するように、先代の義時は辣腕冷酷な策士だった。

　泰時はその性格を享《う》けついでいる。いざとなれば内面の非情さをむき出しにするかもしれないけれど、少くとも泰時の場合、父よりもはるかに外づらは穏健に見えた。

家督を相続したさいも泰時は多数の弟妹たちに、父の遺領のうち年貢のあがりのよい肥沃な土地をすべて分け与え、家財調度、馬や武具さえ、

「遠慮は無用だ。ほしい物があれば持っていけ」

惜しみなく、くれてしまっている。

「総領の取り分が、それでは寡少にすぎよう」

当時、存命中だった尼御台政子が、見かねて口を出したが、

「執権職を継がせて頂けただけでも過分でござります。財宝になどいっさい望みはありません」

こだわりなく答えて、

「無欲な人よ」

周囲を感嘆させた。

これは義時も同じで、権力の奪取《だっしゅ》にはすさまじいまでの執念を燃やしながら、それに付随する富には恬淡《てんたん》だった。衣食住すべてに亘《わた》ってくらし向きは質素質実、けっして贅《ぜい》を欲しない。政権を掌握した氏族が、こぞって享受した栄耀《えよう》栄華と、まったく無縁に生きた点では、北条執権家は史上まれに見る清潔な為政者といえるのである。

泰時が職についてまもなく、関東一円に疫病が流行し、おびただしい死者・罹患者が

出たことがあった。幕府は諸国の大寺大社に奉幣《ほうへい》して疫神の退散を祈らせる一方、鎌倉でも四境に神を祀《まつ》らせ、病者の平癒を念じさせた。

　このとき泰時は、

「ご幼稚とは申せ上さまは、四海統治の重責を担われるおん身であります。国を挙《あ》げての奔走を、坐してただ見ていることは許されません」

　と頼経少年をつれ出し、六浦《むつら》・小坪・稲村・山ノ内の結界四カ所に幣《ぬさ》を手向けて廻らせた。将軍教育の、これも一助と考えたわけだろう。

　旱天《かんてん》がつづき、人々が飢餓に苦しんだ年も、泰時は将軍の食膳から米の飯を撤去させてしまった。代りに、椀に盛って出されたまっ黄色な穀物を、

「これ、なんなの？　執権」

　おどろき顔で少年は指さす。

「粟《あわ》でございます」

「粟？」

「召しあがってごらんなされませ」

「わあ、まずいや。ばさばさしてる」

「それでも少しは米を混ぜて、食べよくしてあるのです。いま民衆は粟の粥《かゆ》さえ啜《すす》りか

ね、木の根草の根を掘って餓えをしのいでおります。上さまもしばらくの間、彼らとひもじさを共にされ、その苦しみを思いやっていただきとうぞんじまする」

泰時のこのような訓戒が、気まま勝手に育って来た少年公方《くぼう》に、どれほどの影響を与えたかは疑わしい。

人はだれしも苦い良薬より、口当りのよい世辞追従《ついしょう》を好む。粟に事よせての帝王学も、泰時が退出して行けばたちまち、

「お可哀そうに……。お嫌《いや》なものをむりやり召し上ることなどありませぬ。さあ、ご好物の粽餅《ちまきもち》でお口直しあそばせ」

「それとも唐《とう》菓子をさしあげましょうか」

女房たちの甘やかしに突き崩されて、効果は一向に現れない。

猫かわいがりはしても、乳母をはじめ召使の女たちは、しょせんあかの他人だった。憎まれてまで若ぎみの機嫌に逆らうような損な役回りを、進んで買って出る者など一人もいない。

承久ノ乱後、一時逼塞《ひっそく》していた実家の九条家は、父の道家が官界に返り咲いて関白・氏《うじ》の長者となり、いまや飛ぶ鳥おとす勢いにある。それだけに手中にした地位を離すまい、政敵の進出を許すまいと躍起《やっき》になっている状態だから、鎌倉にくれてやった三男坊

など、幕府と自家を結びつける楔《くさび》としか見ていない。政治的に利用することは考えても、親らしい愛情の表出などいっさい無かった。

つまりいえば頼経という少年は、ひどく孤独な、きのどくな育ち方をしているわけなのだが、下にも置かずかしずかれ、女房たちの玩弄物さながらいじり回されて、欲求のすべてが右から左へ通る日常に、少年自身はけっこう満足し、その快味をむさぼりつづけている。

十歳そこそこで、いっぱしの酒呑みになりあがったのも、まわりの女房どもが、自分たちの愉楽のために連日でも催したがる小酒盛りを、「若ぎみのお慰み」にすり替えて、

「こんな苦いもの、きらいだあ」

はじめは受けつけなかったのに、

「天の美禄《びろく》、百薬の長——。酔うとうっとり、夢ごこちにおなりあそばしますよ」

しつこく進めて、味をおぼえさせてしまった結果であった。

四

未熟と早熟のまじり合った妙に歪《いびつ》な育ち方をしている少年公方を、刈藻は冷ややかに

観察していた。形の上では婚約者の母……。いずれは婿姑《むこしゅうとめ》の立場にもなる関係なのに、愛憐の思いなどまったく湧かず、わがまま気ままな腕白ぶりを、むしろ憎しみの目で見ていたが、頼経にもその内奥《ないおう》はなんとなく感じ取れるのだろう、刈藻に示す態度は、いつまでたっても素気《そっけ》なかったし、鞠子にも、特に馴れしたしむ様子はなかった。

彼がいま無二の友人と見ているのは、ご学友仲間の近習たちで、中でも三浦義村の子息光村《みつむら》とは実の兄弟以上にむつみ合い、釣りも泳ぎも遠駆けも、

「光村に習ったんだ。おれの師匠だよ」

うれしそうに吹聴《ふいちょう》する。

「仲間内での磯遊びはなりません。お出ましのさいは警固の武士どもをつけますから、かならず仰せ聞かせください」

不測の事故を憂慮して泰時が釘をさしても、束縛を嫌ってか、こそこそ人目を盗んで抜け出そうとする。

だから、その光村が、

「来たる二月二十一日、彼岸《ひがん》の入りの初日《はつび》に、風《ふう》がわりな催しごとをいたします。三崎の浜辺までお出ましなされませぬか」

誘ったときなど、

「うん、行く行く。何をするんだね？」

大乗り気で少年公方は承知した。

「二十五菩薩《ぼさつ》の来迎会《らいごうえ》ですよ。伊豆の走湯権現《はしりゆごんげん》に浄蓮という上人がいます。この坊主にそそのかされましてね、柄《がら》にもなくうちの親爺《おやじ》が信心気《ぎ》を起こしたわけなんです」

「面白そうだな。ほんとに菩薩が出てくるの？　二十五人も……」

「一族門葉の若殿ばらが、阿弥陀や菩薩の扮装で船の上に並ぶんですよ」

「光村は何に化けるんだい？」

「それは、ごらんになってのお楽しみ」

軽く言い、軽く受けた誘いでも、三浦義村の招きに将軍が応じたとなれば、やはり事は大きくならざるをえない。

執権泰時をはじめ幕僚や女房ら百名を越す供廻りが、十数艘もの大船に分乗して三崎の浦へ漕ぎ渡ったが、御座船に乗せられ、頼経のとなりに坐らされた鞠子が、おびただしい視線の矢ぶすまに耐えて、終始うつむきがちにしているのを、すぐうしろで刈藻は痛ましく眺めた。人目の多い晴れの席に鞠子をつれ出し、少年公方と対《つい》の形で並べるなど、できれば拒絶したかった。しかし泰時に、

「いずれ婚儀を挙げられるお二方《ふたかた》ではござらぬか。一つお船でご見物めされ」

理の当然な言い方をされると、抗弁はしにくい。内心、年齢の開きにこだわりつつも、御台の座に釣られ、不満を押し殺して頼経との婚約を承知したがごとく見せかけている刈藻母子である。鞠子に六郎という夫、万亀という娘がいる事実は、あくまで隠し通さなければならないのだ。

三崎の入江は海上も陸地も、うらうらと霞《かす》み渡って、油を流しでもしたような重たげな凪《なぎ》の拡がりである。

沖に浮かぶ大船が、来迎会の舞台となる三浦氏の持ち船らしい。舷側に張りめぐらした薄紫の幔幕で、紫雲をあらわしたつもりだろう。

将軍家の船団がその正面に錨《いかり》をおろすと、浜風に乗ってあえかな匂いが漂《ただよ》いはじめ、どこからともなく管絃の調べが湧き起こった。——と見るまに、中央、紫金台《しこんだい》の上に阿弥陀如来《にょらい》、左右に観音・勢至《せいし》の二菩薩が合掌しつつ現れる。

さしかざす天蓋《てんがい》には飛天・金鳳《きんぽう》・孔雀《くじゃく》・迦陵頻《かりょうびん》などの刺繡がほどこされ、糸であやつっているらしい蓮華の造り花が、ひらひらと舞いもつれる。極楽浄土の荘厳《しょうごん》もかくやと思われる巧みな演出だった。

弥陀三尊につづいては日蔵《にちぞう》・月蔵《がつぞう》・金光蔵《こんこうぞう》・薬王・獅子吼《ししく》・虚空蔵《こくぞう》・普賢《ふげん》・文殊《もんじゅ》など二十五菩薩がずらりと船上に立ちならんで、それぞれ手にした楽器をかなでる。玉の笛、瑠璃《るり》の琴、螺鈿《らでん》の琵琶《びわ》、笙《しょう》・篳篥《ひちりき》・輪鼓《りゅうご》・鉦《かね》など、すべて仏典に書かれた通りそれらしく作らせた模造品だから、実際には音が出ない。弾奏の仕方も知らない。

「あれあれ、あの端《はじ》っこの菩薩は四郎光村じゃないか。まっ白けに化粧して、天冠《てんがん》を頭にのせて……ははは、まじめくさって羯鼓《かっこ》を打っているぞ」

頼経少年の指摘をまつまでもなく、よく見れば「だれがどれ」と言い当てられる知った顔ばかりだし、阿弥陀如来にはなんと、老当主の三浦義村が扮しているのであった。

漂い流れる芳香も、幕の内側に大香炉を据え、片肌ぬぎになった小者が香木をくべて、団扇《うちわ》で煽ぎ立てているのだし、管絃の調べも親船のうしろに隠れた小舟の中で、楽器を扱える者たちが、吹いたり弾いたりしているのだとわかる。

本気でありがたがるのは少々ばからしいが、彼岸の仏事にしては金《かね》のかかった、それなりに見ごたえのある催しものなのである。

将軍の船団からは念仏称名の声が湧き、数珠をすり合す者もいる。二十五菩薩はやがてしずしずと幕の中に消え、入れ代って小舟が三艘漕ぎ出して来た。

さしかざす花傘のかげから色とりどりな衣装がこぼれる。この日の接待用にわざわざ呼ばれて来た鎌倉の遊女・白拍子だ。手に手に小鼓大鼓、横笛などを携えているところをみると〝天来の妙音〟を聞かせる役は、彼女たちが受け持ったのだろう。

酒肴が運び込まれ、妓女《ぎじょ》が加わると、仏事のあとにしてはいささか不謹慎なまでのくつろぎが漲《みなぎ》って、どの船からも笑声が聞こえはじめた。

花傘船は、まず一艘が将軍の御座船に横づけされ、別の二艘は船団のあいだを器用に漕ぎ廻りながら囃子《はやし》物を演じ出した。それに合せて手拍子を打つ者、女を船上へ引っぱりあげようとする者など、あちこちで騒ぎが起こる。その浮き立ちを一気に鎮《しず》めて、このとき唄声が響き渡った。御座船の前にとまった花傘船の胴ノ間《ま》に立って、遊女の一人が舞いを披露しはじめたのであった。

思ひは陸奥《みちのく》に
恋は駿河《するが》に通《かよ》ふなり
見初《そ》めざりせばなかなかに
空《そら》に忘れて止《や》みなまし

聞きおぼえのある声にはッとして、舞い唄うその女を刈藻は凝視した。

(まちがいない!)

やはり妙《たえ》だった。

一座の頭株《かしらかぶ》にでも出世したのか、差す手、引く手に貫禄が添って、張りのあるつややかな美声にも、聞く耳を蕩《とろ》かす魅力があふれている。

「やんややんや、みごとだぞ」

頼経ははしゃぎ、

「いま一曲所望だ。女、舞え」

催促する。

「かしこまりました」

にっこり受けて妙が唄いはじめたのは、やはり昔、よく口ずさんでいたあの「王子のお前の笹草《ささぐさ》は、駒は食《は》めどもなほ茂《しげ》し」という歌詞淫猥《いんわい》な今様である。

刈藻は恐怖に打ちのめされた。将軍の脇にはべる上臈《じょうろう》を鞠子と見てとって、わざと思い出の曲を唄って聞かせた妙なのだろうか。

（秘密を知っている女……）

もし妙が、鞠子の今の立場を嗅ぎつけたら、何を言い出すかわからない。

（口どめしなければ大変なことになる）

鞠子も眼前の舞姫を妙と気づいたのか、青ざめた顔をできるだけそむけるようにしているが、そんな刈藻母子の気配におかまいなく、

「盃をとらせよう、あがって来い」

将軍は妙を船上へ招き入れた。

「ありがとうぞんじまする」

わるびれる様子もなく前へ進み、もの馴れた手つきで妙は酒盃を受ける。

刈藻は気が気でない。

（どうぞ、どうぞ、何も言わずにいておくれ妙。頼みます）

心の中で手を合さんばかり念じているのに、その怯《おび》えを嘲笑《あざわら》うかのように、

「お方さま、鞠子姫さま、おひさしゅうござります」

妙は切り口上な挨拶を述べた。

「あれ、お前この人たちを知ってるのか？」

「はい上《うえ》さま、以前わたしは竹ノ御所で婢《はした》勤めをしておりました。でも、奉公人仲間のお侍に惚れ、すげなく振られた痛手から、ごらんのような浮き草稼業に身を落としたのでございますよ。ねえ姫さま」

全身で鞠子は慄《ふる》え、口をきくこともできずにいる。尻目にそれを見やりながら、

「それにしても解《げ》せませぬ。なぜ将軍家とご一緒に雛《ひいな》さながらお並びあそばして、今日このような場所に姫さまはお出ましなされておられますの？」

怪訝《けげん》な顔で妙は問いかけてくる。

「当り前だろ。姫はおれの許婚者《いいなずけ》とやらだもの……」

将軍の、あっけらかんとした答に、

「えッ？　許婚者⁉」

妙は目をみはり、

「では、いずれ御台さまになられるのですね」

表情を凍りつかせた。嫉みと羨《うらや》みに、わしづかみされたにちがいなかった。

五

打撃から、しかしたちまち立ち直って、

「それはそれは、おめでとうございます」

ぶしつけな、詮索《せんさく》がましい目を、妙はじろじろ大小二人の婚約者に這わせ、

「ちっともぞんじませんでしたよ」

わざとのようにばかいい叮嚀《ていねい》な言い方をした。装束だけは大人なみだが、まだ、やんちゃざかりとしか見えぬ少年公方……。寄り添う鞠子はすでに二十五、六のはずである。不

釣り合いなこんな結びつきなど、たとえ「御台所の座」を餌《えさ》にしての取り引きだったとしても、さして羨んだり嫉んだりするほどの栄誉ではないと、とっさに覚《さと》ったようだった。

ゆとりを取りもどし、絶え入りそうにうなだれつづけている鞠子を、

「因果はめぐる小車《おぐるま》とは、ほんとうのことでございますね」

妙はいたぶりにかかった。

「わたしを袖にして姫さまに乗りかえた諏訪六郎が、こんどはみごと、将軍家に妻を奪い取られたわけですものね」

これ以上、喋らせてはおけなかった。

「お黙りなさい、妙」

刈藻は声をはげました。

「このようなお席で、そなたは何を言い出すのです？　根も葉もない作り話で鞠子を蔑《おとし》めるなど……許しませんよ」

「作り話ですって？」

いたけだかに妙は言い返した。

「お方《かた》さまこそしらじらしい。六郎どのはれっきとした姫さまの夫。背振《せぶり》地蔵でお会い

したくらいだから、とっくにお子も生まれているはずですわ。男か女か知らないけれど、年からいえば将軍家とおっつかっつ……。もし女の子ならば薹《とう》の立った母ぎみより、そのお子を御台所になさるほうがお似合いではないかしらね」

人もなげな高笑いを、

「女、よいかげんにせぬか」

遮《さえぎ》ったのは、少年公方の背後に控えていた北条泰時だった。

「斬ったところで刀の汚れになるだけの遊女傀儡《くぐつ》——。仏事供養の席に免じて生かして帰すが、この上いらざる舌を叩くと、ただは置かぬぞ」

人間の格のちがいか、取り静めた語調にもかかわらず妙は威圧され、

「は、はい」

いきなり水を浴びでもしたようにうろたえて、そそくさ下船して行ってしまった。

目もくれずに、

「ご母公」

泰時は刈藻へ向き直った。

「あの女の口走り、まことでござるか？」

「いつわりでございます」

渾身の力をふりしぼって刈藻は否定した。

「さようか。それならば仔細《しさい》ござらぬ」

うなずいたきり、泰時は口をとじたが、刈藻はじっとしていられなかった。もはや一刻の猶予《ゆうよ》もならない。泰時は早晩、事の真偽を解明しにかかるだろう。

（しらべればすぐ、判ることだ。鞠子に夫がい、子がいると知れれば、有無《うむ》はいわさぬ。夫も子も二人ながら、即座に斬られるに決まっている）

そうなる前に逃がさなければならない。別れのときがいよいよ来たのだ。

（六郎に危急を知らせたい）

と、刈藻はあせる。鞠子の額にもじっとり脂汗が滲《にじ》んでいる。でも船中にいる身では、その場を立つことすらままならなかった。


ようやく御座船が錨をあげ、三崎の浦から鎌倉の飯島《いいじま》の船瀬へ帰りついたとき、日は西に傾きかけて、浜辺は暮れ色を濃くしはじめていた。

飛んででももどりたい気持をむりやり抑え、将軍の行列に伴われていったんは御所へ入ったものの、

「飲み直そうよ。なあ、みんな」

女たちへの酒宴の誘いは、頭痛を口実にことわって、

「鞠子、はやく……」

ころがるように中門廊《ちゅうもんろう》の供待ちへ走った。

手輿に共乗りし、竹ノ御所へ帰ったとたん四肢の力がぬけて、刈藻は母屋《おもや》の落板《おち》敷に膝を突きそうになった。

「しっかりして母さまッ」

「わたしのことなどかまわずに、急いで仕度を……」

「かねて用意は調えておきました。すぐにでも出られます。さあお方さま、わたしの背におつかまりください。木曾までお供しましょう」

紐を取り出す六郎へ、

「何をとまどったことを言うのですか」

刈藻は怒りを叩きつけた。

「山川百里の道中を、子供の足で歩き通せるはずはありません。父親が背負わずに、だれがどうやって万亀をつれて行くと言うの？」

その万亀は、小宰相ら女房たちが、

「すべりますよ姫、ころぶといけませせぬ」

取ろうとする手を振り切って、

「ばばさま」

渡廊《わたろう》をいっさんに駆けて来た。子供ごころにも、家中のただならぬ気配を感じ取ったか、あらんかぎりの力で刈藻の腰にしがみつく……。

「よいね万亀、どんなことがあっても父さま母さまのそばを離れてはいけませんよ。穂《ほ》芒《すすき》のそよぐ山里で、蜻蛉《あきつ》を追いながらすこやかに……仕合せにくらすのですよ」

「ばばさまも一緒によ。ねえ、一緒に行きましょうよ」

「ひと足あとから、きっと……ね？　聞きわけておくれ万亀ッ」

抱きしめて、甘やかなその肌の香りに顔を埋めたが、愛執のいっさいを刈藻は瞬時に断ち切って、

「六郎どの、万亀と鞠子をくれぐれも頼みます」

その背へしっかりと、孫の身体をくくりつけた。

「ご案じあそばしますなお方さま、落ちつき次第、かならず迎えの者を差し向けます。それまで、ご堅固で……」

鞠子はもう、何も言えず、とめどなく涙をこぼしながら刈藻の手を握りしめるだけだった。老家司《けいし》や召使たちも、

「旅路のご平安を、ひたすら念じておりまする」

打っ伏して、いっせいに泣き悶《もだ》える……。気丈なのは、かえって一人、刈藻だった。

「別れを惜しみ合っていてもきりはない。ぐずぐずしている内には執権どのがどのような手を打ってくるかわかりません。さ、もう行きなさいッ」

心を鬼にして送り出したが、荷持ちの小者を加えて夫婦親子、大小四個のうしろ影が竹藪の暗がりに呑まれ去ると、

「無事を……どうぞあの者たちの無事を……守り給え」

刈藻は仏間によろけ込んだきり、立てなくなった。小宰相たちも追って来て、

「南無ほとけ、木曾の故殿《ことの》や北ノ方さま、左金吾将軍のみ魂《たま》にもお願い申しあげまする。姫さまがたのおん身を、なにとぞご守護くださいませ」

くちぐちに祈りを捧げた。

それなのに、女たちがまだ仏間を出もしないうちに痛み所《しょ》のある左足をひきずりひきずり老家司が駆けて来て、

「お、お方さまッ、一大事にございますぞ」

血を吐く語気で告げた。

「たった今、供の小者が深手を負うて逃げもどりました。姫さまがたは下《しも》若宮の曲り角

で、待ち伏せていた追手の兵に囲まれたとのこと……」

「追手が、こんなに早く⁉」

「六郎どのは阿修羅《あしゅら》の働きにて敵数名を斬り伏せましたが、矢を射たてられ、力尽きて、あえない最期をとげられたとやら……」

「鞠子や万亀は？」

「姫さまは兵どもが荒けなく輿に押し込めてつれ去りました。万亀さまはいかがなされたか、そこまで見とどける暇《いとま》はなかったと息も絶え絶えに申しております」

悲鳴をあげて小宰相が卒倒した。刈藻はしかし、力足《ちからあし》を踏みしめて立ち上った。形《ぎょう》相《そう》が変っている……。

「どこへ？　お方さま……」

「おあぶのうございます」

「お、お気をおしずめあそばしませ」

抑えにかかる手を、肩を、突きとばし跳ねのけて、刈藻は外へ走り出た。

六

月が昇りはじめ、水晶の壺の底にいるように、夜気《やき》は澄み透《とお》って青かった。どこをどう辿《たど》ったか、おぼえがない。袿《うちき》を落とし、髪を乱し、履物すらはかぬまま刈藻が下若宮の辻に立ったとき、惨劇はもう終って、あたりは静まり返っていた。

追手と見える兵どもの屍《しかばね》が四ツ五ツ、血海の中に横たわってい、すこし離れて、六郎の亡骸《むくろ》が月光を浴びていた。

幾筋もの矢がつきささり、無数に斬り傷を負いながら、こうなってもなお、妻子を守って戦おうとするかのように、その手は大刀をにぎりしめ、双の目をカッとみひらいている。

万亀が父の背にくくられたまま事切れたのは、細首を斜めに貫いた矢のためだろう。刈藻は六郎の腰から刺刀《さすが》を抜きとり、くくり紐を切って万亀を抱きあげた。ふしぎに一滴も、涙は出ない。子供の身体から矢を抜き取り、六郎の瞼に指をあてて眠らせようとしはじめたとき、

「お方さまあ」

「どこにおいでじゃ？　お方さまあ」

老家司を先頭に、召使の男女が追い慕って来た。

ふっと刈藻の堪《こら》えが切れた。近づいてくるはずの呼びかけが、なぜか耳の中でずんずん遠のき、視界が急に昏《くら》くなった。万亀を抱きしめたまま六郎の胸の上へ、刈藻は前のめりに倒れかかった。

人事不省のまま、六郎や万亀の亡骸《むくろ》とともに刈藻は屋敷へ運ばれ、それ以来、床《とこ》についたきり動けなくなった。

眠れば悪夢にうなされ、目ざめれば悲歎に沈んで、湯水も咽喉《のど》を通らぬ状態がいつまでもつづいた。

拉致《らち》同様、鞠子は将軍の御所につれて行かれ、自殺するすきさえないほどの厳重な看視下に置かれているようだ。

老家司と小宰相が勇をふるって宇都宮辻子の役所へ出向き、鞠子の安否をそれとなく尋《たず》ねたところ、

「つつがなくおわする。ご婚礼も、もはやさほど先のことではないと思われるので、こ

ののち姫さまは公方のおそばに移られ、起居を共にされることになろう」

そう執権は答えただけで、六郎と万亀の死については一言も触れなかったという。

あの日、明け方近くなってもう一度、竹ノ御所の下部《しもべ》がこっそり下若宮の現場を覗きに行ったときは、いつのまにだれが片づけたか追手の死体もまったく見当らず、血糊《ちのり》まできれいに洗い流されて、酸鼻《さんび》の痕跡などどこにもとどめていなかった。

鞠子が夫を持ち、子を生み育てていた事実は、こうして迅速に闇から闇へ葬られ、下民らの口の端《は》にさえのぼらぬまま処理されてしまったのである。

鞠子も病み臥して、枕もあがらぬ毎日だが、刈藻にそれを知らせたのは、とりあえず大倉の御所に当座必要な身の回りの品や衣類などを届けに行った小宰相であった。

「明けても暮れても泣いてばかりおられ、食事もろくにあがられぬとか……。御所の女房衆もあぐねはてて、『一日も早くご母公さまにお越しいただき、ご介抱をお願いしたい』と、かように申しておりました」

その通りだと刈藻は思う。

(わたしにもしもの事でもあれば、鞠子はまったくの、天涯孤独な身になってしまう。自身の気の弱りになどかまけてはいられない。行って、みとってやらねば……。何とか立ち直るよう力づけてやらねば……)

でも起きあがろうとすると、ひどい眩暈《めまい》に襲われ、歩行はおろか立つことすらままならぬありさまでは、とても無理だった。

――やっとどうやら眩暈がおさまって外出できるようになったのは、年号が寛喜《かんぎ》と改まってまもない夏の初めである。

それでも左右から、小宰相ら召使に支えられ、刈藻は大倉御所の奥殿までようやく足を運び、鞠子の病間にみちびかれた。

「来ましたよ。わたしよ鞠子。ながいこと一人ぽっちにさせて済まなかったね」

にじり寄って一瞥《いちべつ》した顔の、あまりな変りように、刈藻は目を疑った。ふくよかだった若ざかりの肌は、苦悩にやつれて張りを失い、ひさびさに母を見てさえ仮面さながら表情は動こうとしない。

（むりもない）

あふれあがる涙を、刈藻は抑えかねた。

（目の前で夫と子を殺された衝撃は、どれほどのものだったか……。追手の兵どもは六郎と万亀に向けた刃《やいば》で、鞠子の心までをずたずたに斬り裂いたのだ）

母の介護は、しかしさすがに医薬にまさる力を現した。わずかずつではあるが鞠子は恢復に向かい、寛喜二年の正月には床を離れて、ほころびかけた軒端の紅梅を勾欄《こうらん》にもたれながらぼんやり眺めるまでになった。

刈藻は胸をなでおろしたが、まるでその折りを狙いすましてでもいたように、

「いよいよこの秋、上さま鞠子姫さまのご婚儀を取りおこなおうとぞんずる」

北条泰時が申し入れて来た。

「上さま十三歳、鞠子姫さま二十九歳。——陰陽師《おんみょうじ》に卦《け》を見させたところ、お二方ながら今年は最良の年回りと占い申した。祝言と言ったところで形ばかり……。八月仲秋の前後がよろしいとも進言してまいったゆえ、ご母公にもその心づもりでご用意ありたい」

いやだと言って通る相手ではない。「形ばかり」との言葉には刈藻も同感で、まだとても肉の結びつきまでは考えられなかった。

おそらくは、乳母や侍女に尻押しされてのことであろうが、頼経将軍はお義理のように時おり鞠子を見舞う。そんなときも、

「どうなの？　具合は……。黙ってばかりいないで何か喋れよ。舌が吊《つ》ったのか」

悪《あく》たれ口を叩いて早々に病間を出てしまう。鞠子は脇を向いたきりだし、心の通い合いなど、だれの目にも期待できない間柄なのだ。

もっともこの年——寛喜二年は、夏のさかりに降雪降雹《こうひょう》を見たり、暴風雨や洪水の被害が多発するなど、はやくから稲の稔りが気づかわれていたが、はたして夏の終りご

ろから諸国いっせいに凶作の様相を呈しはじめ、疫病の蔓延《まんえん》まで懸念される惨状となった。

幕府は窮民の暴行をとりしまり流言を禁じ、年貢の破免《はめん》はもちろん人身売買までを公《おおやけ》に許可して、急場をしのごうと腐心した。

「仲秋のころ」

と予定されていた祝言も、煽《あお》りをくって繰《く》りのべを余儀なくされ、師走九日、かろうじて挙行の運びとなったのである。

鞠子はひさびさに竹ノ御所へ帰り、付き添って来た将軍家の侍女たちの手で婚礼衣装に着替えさせられた。小宰相ら屋敷の召使には手も口も出させず、紅おしろいで鞠子の顔を厚くいろどる。それでなくてさえ表情をなくした花嫁のおもざしは化粧に覆われて、生き身の女とは見えない。

生まれ育ち、六郎と結ばれ、万亀に恵まれた竹ノ御所——。今日出て行けば、二度と帰ることのない家なのに、目をとめて、しみじみ見回しもしなかった鞠子が、

「ごらん、あれを……」

「お別れをおっしゃいませ姫さま」

刈藻と小宰相にこもごもささやかれ、庭の一角を指さされた刹那《せつな》、ぶるッと肩を慄わ

せ、みるみる両眼に涙をたぎらせた。盛り土の上に、小さな石の五輪塔が据えられている。六郎と万亀の亡骸《なきがら》を埋めた塚だった。

もうこのとき、執権泰時はじめ相模守時房《ときふさ》、大炊《おおい》ノ介有時《すけありとき》ら北条一門が迎えのため竹ノ御所に到着していたが、鞠子が庭へ走りおり、塚の前にひれ伏しても、だれを葬《ほうむ》った奥城《おくつき》か、彼らはひとことも訊《たず》ねなかった。

何を言わなくても、泰時はわかっていたのではないか。でも刈藻が、咲き群れている前栽の小菊には目もくれず、すっかりほうけ立った季節はずれの穂芒を折って、

「供えておあげ」

鞠子に持たせた意味までを理解することは困難だったにちがいない。

……輿はやがて舁《か》き出され、小町口《ぐち》から大倉の御所へ入った。花嫁行列とはだれ一人気づかぬほど、ひそやかな移動である。

式も簡略だった。盃事《さかずきごと》がすむとすぐ、花嫁は待上臈《まちじょうろう》にみちびかれて寝所へ移り、十三歳の花婿と並んで坐らされた。

刈藻は屛風のうしろにさがった。ここでいま一度、床《とこ》入りの盃が交され、婚礼の儀式は終るもの、と考えていたのだ。

たしかに床入りの盃はあった。しかしそのあとすぐ、つれて来た女房の一人に手伝わ

せて少年公方は白綾《しらあや》の寝間着の帯を解き、乳母は鞠子の肩に手をかけて、床の上に横たわらせた。

竹ノ御所の塚の前で、一瞬、激しく噴《ふ》き上った人間らしい感情は、ふたたび奥深く閉じこめられ、鞠子は陰気な、もの言わぬ人形にもどってしまっていた。

意外なこの場の成り行きに逆上したのは、むしろ刈藻のほうだった。屏風のかげからにじり出かかる膝先を、乳母の声が押しもどした。

「さ、上さま、侍女たち相手に夜ごとなさるお戯れと同じでございます。あの通りあそばしませ」

このいざないにうなずきながら、成年男子とまったく変らぬもの馴れた動作で、少年は花嫁の裾に手をかけた。

石にされたように刈藻は動けなくなった。明るすぎる灯《ひ》の下、乳母や女房ら幾人もの卑しい薄ら笑いに取り囲まれて、十三歳の夫の意のままに従わされる鞠子を、彼女もまた、凝然《ぎょうぜん》とみつめつづけていた。

鞠子が死んだのは、婚礼の夜からかぞえて二年後……。三十一歳の秋の初めである。頼経将軍の子をみごもり、産所と決められた北条時房邸に移ってまもなく苦しみ出したのだ。悪阻《つわり》もひどく、痩せ細っていたが、産気《さんけ》づいてからは陣痛が微弱で、衾《ふすま》を掻きむしりながらも生まれてこない。しまいには医師や祈禱僧らが恐れて逃げ出すほどの悽惨《せいさん》なのた打ちを見せ、その地獄の苦患《くげん》が二昼夜もつづいた。

「いきむのよ、もう少し……我慢して鞠子、いきんでみて！」

手を握りしめて励ます刈藻を、無意識に突き飛ばす力は、衰えきった身体のどこに残っているかと驚くほど、強かった。

執権泰時も、さすがに青ざめて、

「上さまをお呼びせよ」

御所へ急使を差し立てる一方、甘縄《あまなわ》に験《けん》のある古巫女《ふるみこ》がいると聞いて、

「試しだ。召せ」

呼びにやった。

将軍がまず、やって来、つづいて巫女が駆けつけて来た。

「もしや？」

と刈藻が疑ったにたがわず、それは背振《せぶり》の地蔵堂裏で安産の禁厭《まじない》をしていたあの、明石《あかし》ノ巫女だったのである。

十三年の歳月が、当時、初老と見えた巫女を、さらに古怪《こかい》な老婆に変身させていた。

刈藻や鞠子を、かつて梛《なぎ》の実の護符《ごふ》を受けに来た参詣人の一人と知るよしもない巫女は、将軍家御台所の祈禱に召された得意さを渋紙《しぶかみ》色の顔いっぱいにみなぎらせながら、

「なあに、わしのひと祈りでたちどころにご平産じゃ。さらば神おろしいたしましょう」

もののしく幣《へい》を切り並べ、黄ばんだ白髪を振り立てて唱《とな》えごとを始めた。

「うやまって申す。東の方《かた》には東方朔《とうぼうさく》、南には南方朔、西に西方朔、北に北方朔、中方朔、下方朔、上方朔を驚かしたてまつる」

これにはだれもが呆れ返った。東方朔はただ一人。太白星《たいはくせい》の化身と称されている神仙の名ではないか。

「いつのまにその東方朔が、十方世界に増えたのやら……」

と、こらえかねて、看護に詰めかけていた時房邸の男女がいっせいに吹き出したが、中でもひときわカン高かったのは、十五歳の少年将軍の笑い声だった。

日ごろ謹直な泰時さえ苦笑しながら、

「まやかし婆《ばば》め、とっとと失《う》せおれ」

立ち上りざま明石ノ巫女の衿がみを摑み、庭先の闇へ抛《ほう》り出した。

酷薄な笑いの渦に囲まれたまま鞠子は死胎児を生み、出血にまみれつつ息を引き取っ

た。

刈藻が懐剣で自身の咽喉を突いたのは、娘の死の直後である。急速に薄れはじめた意識の底で、彼女は忍寂《にんじゃく》の声を聞いていた。

（鞠子姫にのみ寿相が見ゆる。少くとも三十前後までは、お命に別条なかろう。三十前後まではな……）

貞永元年七月二十六日、辰《たつ》の刻――。源頼朝の正嫡は、ここに、一人残らず絶え果てたのであった。

解説

末國善己

　日本史の年号を暗記する語呂合わせで最も有名なのは、源頼朝が征夷大将軍になり鎌倉幕府を樹立した「いいくに（一一九二年）作ろう鎌倉幕府」だろう。だが近年は、頼朝が守護《しゅご》と地頭《じとう》を置いて権力基盤を築いた一一八五年を鎌倉幕府の実質的な始まりとする説が教科書でも採用され、語呂合わせも「いいはこ」になっているようだ。

　治承・寿永の乱（いわゆる源平合戦）で源氏の中核を率いて平家に勝利した頼朝だが、戦時中はいち早く京に入り乱暴狼藉を働いた同族の源（木曾）義仲《よしなか》と争い、戦後は華々しい武勲をあげた異母弟の源義経を討つなど、幕府成立前後から粛清が繰り返されてきた。政敵を排除し権力を掌握する手法を受け継いだのが、頼朝の妻・北条政子の実家である北条家である。一一九八年に頼朝が突然死し、頼朝の嫡子・源頼家《よりいえ》が十八歳で二代将軍になると、有力御家人十三人（大江広元《おおえひろもと》、中原親能、二階堂行政、三善康信、梶原景時、足立遠元、安達盛長、八田知家、比企能員《ひきよしかず》、北条時政、北条義時、三浦義澄、和田義盛《よしもり》）による合議で政務と裁判を行い将軍を補佐する制度（いわゆる十三人の合議制）が作られた。政子の父・時政と弟の義時は、政子と連携しながら合議制のメンバーだった有力御家人を次々と滅ぼし、京から招いた宮将軍を傀儡にして北条家に権力を集中させ、得宗専制（得宗は義時の別称で、戒名、追号など諸説あり）と呼ばれる独裁体制を構築したので、鎌倉初期は血で血を洗う抗争が続いたといえる。この血塗られた時代を頼家の娘・鞠子《まりこ》を軸に切り取ったのが、本書『竹ノ御所鞠子』である。

物語は、頼家が非業の最期を遂げた八年後から始まる。

頼家は有力御家人だった比企家の乳母《うば》によって養育され、将軍になった後に頼家の後見役になった比企家と、その専横を阻もうとする北条家の対立が起こり、北条家に攻められた比企家は滅亡、修禅寺に幽閉された頼家も北条家の刺客に暗殺された。頼家暗殺に材を採ったのが、岡本綺堂作の名作歌舞伎『修禅寺物語』である。また永井路子は、中世の武家社会には、我が子を信頼する家臣の家にあずける乳母制度があり、乳母の家で育った頼家が実家の北条家ではなく比企家の権利を優先したために謀殺されたとする説を、連作集『炎環』や同じ時代を長編として描いた『北条政子』などで発表している。永井と著者は同世代で、共に女性作家による歴史小説の世界を切り開いてきただけに、本書にも永井の歴史観の影響がうかがえる。鎌倉初期の時代背景をより深く理解するためにも、本書と『炎環』などを併せて読むことをお勧めしたい。

頼家亡き後、母の刈藻《かるも》と隠棲していた十歳の遺児・鞠子は、宴席に呼び出され異腹の兄の公暁《くぎょう》、千寿丸《せんじゅまる》、九歳の花若と再会していた。鞠子が留守中の屋敷に、下野《しもつけ》から来たという十三、四歳くらいの小尼が迷い込んできた。やがて鞠子が帰宅すると、鶴岡八幡宮の社僧だという忍寂《にんじゃく》が現れた。宴席に出ていた忍寂は、公暁が、比企家と繋がる父とわずか六歳の兄・一幡《いちまん》を殺した北条家は仇敵だと語っていたと刈藻に話す。続けて、観相の術を学んだらしい忍寂は、頼家の息子たちの命は二十《はたち》前に消えるが、鞠子だけは三十前後まで生きるという。老いた尼僧が暮らす小庵の前に捨てられ、尼僧が死ぬ前に紹介してくれた鎌倉の僧も行脚に出ていなかった小尼は、名を妙《たえ》と改め屋敷の婢女《はしため》になる。そして、陰日向なく働くが奔放なところもある妙の動向と、忍寂の予言は、物語の重要な鍵になっていく。

忍寂の言葉通り、まず千寿丸が命を落とす。鎌倉幕府の御家人・泉親衡《ちかひら》が、千寿丸を擁立して北条家打倒を計画するも露見し、親衡は行方不明になり、捕えられた千寿丸は出家させられ栄実と名を変える（泉親衡の乱）。続いて北条家と和田家が争った和田合戦に敗れた和田家の残党が、京で栄実を担いで六波羅の襲撃を計画するも事前に情報を摑んだ幕府方の逆襲を受け、栄実は自害に追い込まれた。享年十四。

まだ跡継ぎがいない三代将軍実朝を脅かす頼家の遺児のうち二人が消え、政情は一時的に安定する。実朝は宋に渡るため巨大な唐船の建造を始め、女性であるが故に将軍位争いとは無縁の鞠子は、八歳年上の近習・諏訪《すわ》六郎雅兼《まさかね》と恋に落ちた。戦乱によって好きでもない頼家と結ばれた過去がある刈藻は、鞠子と六郎に平凡ながら幸福な夫婦になって欲しいと願うが、六郎に恋心を抱く妙の妨害にあってしまう。だが刈藻の説得を受けた妙は、鞠子と六郎の幸福な姿を見て嫉妬したくないとの言葉を残し姿を消した。

実朝が陳和卿《ちんなけい》を招いて唐船を建造させたのは史実で、太宰治『右大臣実朝』にも描かれている。太宰は作中で陳和卿を「やたらに野心のみ強く狡猾の奇策を弄《ろう》して権門に取入らんと試みた、あさはかな老職人」と評したが、著者は陳和卿の背後にはその行動を操った黒幕がいたとしている。

京から名手を招いて和歌の手ほどきを受けるなど文化政策に力を入れた実朝は、荒々しい坂東武者の御家人から軟弱と批判されながらも、よき将軍になろうと努力していた。だが、その希望は甥の公暁に暗殺されるという悲劇で唐突に幕を降ろす。実朝暗殺の黒幕については、源氏の力を削ごうとした北条義時、公暁と近い関係にあり北条家が力を付けるのをこころよく思っていなかった三浦義村、将軍親政を進める実朝を排除しようとした北条義時と三浦義村の共謀、幕府転覆を目論む後鳥羽上皇など諸説ある。著者も独自の解釈で実朝暗殺をめぐる謎にアプローチしているので、ミステリー的な面白さが堪能できる。

実朝の死で源氏の直系男子が途絶えたため、北条家は後鳥羽上皇に皇族出身の将軍を立てたいと打診するが拒否され、左大臣九条道家《みちいえ》の子で二歳の三寅《みとら》を迎え入れた。三寅が五歳になった時、政子に呼び出された刈藻は、二十一歳の鞠子と三寅を婚約させると告げられる。この婚約には、鞠子に三寅の子供を産ませ、源氏の嫡流を残す政治的な思惑があった。六郎と平穏な夫婦生活を送っている鞠子を守り、我が娘を子供を産むだけの道具にしないため、刈藻は絶大な権力を持つ北条家への抵抗を始めるのだが、今様の巧さと機転のよさを活かして遊女になった妙が、鞠子の人生を予想もつかない方向にねじ曲げてしまうのである。

非業の最期を遂げた公暁ら兄たちと違い、将軍になれないため政争に巻き込まれなかった鞠子は、子供が産めるため謀略の最前線に押し出される悲劇に見舞われる。鞠子の母については、河野通信と時政の娘の間に産まれた美濃局、比企能員の娘の若狭局《わかさのつぼね》など諸説あるが、著者は『尊卑分脈』にある源義仲の娘との説を取っている。鞠子の母が義仲の娘とされているのは、家の都合で愛のない結婚を迫られた鞠子の境遇を、義仲の息子の義高と婚約し鎌倉で仲良く暮らしていたものの、父が義仲と決別したため義高を殺され心痛で衰弱していった頼朝の娘・大姫の悲劇などと重ね合わせ、女性が歴史的に強いられてきた不条理を強調するためだったように思えてならない。

本書はタイトルだけを見ると鞠子を主人公にしているように思えるが、物語のほとんどは刈藻の視点で描かれ、当時では珍しく六郎と恋愛結婚をしながら、最愛の男性と引き裂かれ十六歳も下の三寅との結婚を強いられた鞠子が、人生の節目節目に何を考えていたのかが明確に語られることがない。この手法が、長く自分の意見を口にすることが許されていなかった女性たちの苦しみを、鮮やかに浮かび上がらせたのは間違いない。

著者は『杉本苑子全集18　竹ノ御所鞠子／汚名』の「あとがき」の中で、「でも、それでも、ほんのわずかな史実を通して、源頼朝の嫡孫に生まれながら——いえ、そのような立場に生まれたがゆえに、鞠子の肩に負わされた業苦《ごうく》の重みがどれほどのものだったか、私たち同性には痛いくらいわかるのです。／理不尽な、抗しがたい暴慢な圧力……。それは形こそ違え、現代社会にも存在しています」「短い一生の間に竹ノ御所鞠子が体験した喜びや悲しみも、けっして非現実的な昔ばなしではないのだと思い思い、私はこの小説を書きました」と記している。

太平洋戦争に敗北した日本は、男女平等を規定した日本国憲法を制定し、高度経済成長期の一九六〇年代には女性の社会進出も進んだ。だが、男性は外で働き、女性は家事と育児をするという性別による役割分業で生産効率を上げた当時の日本では、女性に与えられるのは男性を補助する仕事が中心で、結婚、もしくは出産すれば退職するという暗黙のルールがある企業も多かった。結婚、就職までに勤務できる年数が減るため四年制大学を卒業した女性を採用する企業は少なく、それが女性の進学を妨げていたのである。

こうした状況が変わるのが、一九七九年に国連で採択された女性差別撤廃条約だった。この条約を批准するため日本は、一九八五年までに男女の雇用差別をなくす法律を制定することを迫られたのだ。だが内容を議論する審議会では、差別の全面撤廃を求める女性労働者の委員と、女性の賃金を低く抑えて国際競争力を維持してきた企業経営者の委員が対立し決裂寸前になった。最終的に雇用の男女平等を進めるため女性労働者の委員が折れる形を取り、一九八五年に男女雇用機会均等法が成立した（一九八六年施行）。

男女雇用機会均等法が成立したのはバブル景気の最中であり、女性の給与が上がったことで、一九八八年には女性向けの情報誌「Hanako」、働く女性をターゲットにした「日経ＷＯＭＡＮ」などが相次いで創刊されている。

本書が「別冊婦人公論」（一九九一年夏号）に掲載されたのは、〝女の時代〟と呼ばれた一九八〇年代後半の熱気が残っていた頃である。だが本書で描かれるのは、解放された女性ではなく、戦前のように男性の決めたルールによって縛られた鞠子の不自由な人生なのである。

　ようやく成立した男女雇用機会均等法だが、福利厚生や定年、退職、解雇などでの女性差別が禁止されたものの、労働者の募集、配置や昇進の均等な扱いは企業の努力義務とされるなど不備もあった。また企業は、基幹業務で転勤はあるが昇進に限度がない総合職と、補助的業務で転勤はないが昇進に限度がある一般職というコース別の採用制度を導入、男性でも女性でも一般職に応募できるが、これは建前で、実質的には男性は総合職、女性は一般職に振り分ける均等法の抜け道になっていたのである。

　女性の歴史小説作家が少なかった時代から活躍してきた著者は、男性中心で動いている日本の政府や企業が定めた男女平等に欺瞞があると見抜いていたのではないか。

　男女雇用機会均等法は何度か改正され、労働者の募集、配置や昇進での男女差別が禁止され、ハラスメントの防止なども盛り込まれたが、二〇二一年にイギリスの経済誌「エコノミスト」が発表した女性の働きやすさの指数では、日本は経済協力開発機構の加盟国二十九ヶ国中二十八位、同じく二〇二一年に世界経済フォーラムが発表した男女格差を測るジェンダーギャップ指数では、日本が中国、韓国、ASEAN諸国より低い一二〇位になっている。著者は、女性が直面する「理不尽な、抗しがたい暴慢な圧力」が「現代社会にも存在」することを明らかにするため本書を書いたとしているが、女性を抑圧する日本の状況は三〇年前からまったく変わっていないのだ。

経済の長期低迷で格差が広がり、急速に進む少子高齢化で社会補償費が増大している現代の日本では、生産性が低いので専業主婦は外で働け、第一線で働いていると男の仕事を奪っている、子供を産む、産まないの判断に口をはさまれるなど、どんな人生を選択しても女性には批判が向けられがちになっている。愛する夫や子供とささやかながら幸福な人生を歩もうとした鞠子が、外部からの圧力で反論も許されず自由を奪われる展開は、いつの時代も女性が直面している理不尽を視覚化したといえる。その意味で本書は、発表当時から現在まで変わらず、社会の暗黙のルールに苦しめられているすべての人たちに贈られた物語になっているのである。

（すえくに・よしみ　文芸評論家）

初　出　一九九一年六月「別冊婦人公論 夏号」
単行本　一九九二年六月　中央公論社
文　庫　一九九四年十一月　中公文庫

本書は『杉本苑子全集　第十八巻』（一九九七年十月、中央公論社）を底本としました。

中公文庫

竹《たけ》ノ御所《ごしょ》鞠子《まりこ》

1994年11月18日　初版発行
2021年11月25日　改版発行

著　者　杉《すぎ》 本《もと》 苑《その》 子《こ》

発行者　松 田 陽 三

発行所　中央公論新社
〒100-8152　東京都千代田区大手町1-7-1
電話　販売 03-5299-1730　編集 03-5299-1890
URL http://www.chuko.co.jp/

ＤＴＰ　ハンズ・ミケ
印　刷　三晃印刷
製　本　小泉製本

Published by CHUOKORON-SHINSHA, INC.
Printed in Japan　ISBN978-4-12-207139-1 C1193

中公文庫既刊より

す-3-1
華の碑文 世阿弥元清
杉本苑子
時は室町時代、大和猿楽座に生まれた世阿弥が、暗い世俗の桎梏に縛られながらも辛苦して能を大成してゆく感動の生涯を描く。〈解説〉小松伸六
200462-7

す-3-6
檀林皇后私譜（上）
杉本苑子
闇に怨霊が跳梁し、陰謀渦巻く平安京に、美貌のゆえに一族の衆望を担って宮中に入り、権勢の暗闘の修羅に生きた皇后嘉智子の一生を描く歴史長篇。
201168-7

す-3-7
檀林皇后私譜（下）
杉本苑子
飢餓と疫病に呻吟する都、藤原氏内部の苛烈な権力争いの渦中に橘嘉智子は皇后位につく。藤原時代の開幕を彩る皇后の一生を鮮やかに描く。〈解説〉神谷次郎
201169-4

な-12-15
雲と風と 伝教大師最澄の生涯
永井路子
苦悩する帝王桓武との魂の交わり、唐への求法の旅、空海との疎隔——。最澄の思想と人間像に迫った歴史長篇。吉川英治文学賞受賞作。〈解説〉末木文美士
207114-8

な-12-3
氷輪（上）
永井路子
波濤を越えて渡来した鑑真と権謀術策に生きた藤原仲麻呂、孝謙女帝、道鏡たち——奈良の都の政争渦巻く狂瀾の日々を綴る歴史大作。女流文学賞受賞作。
201159-5

な-12-4
氷輪（下）
永井路子
藤原仲麻呂と孝謙女帝の抗争が続くうち女帝は病に。その平癒に心魂かたむける道鏡の愛に溺れる女帝。奈良の都の狂瀾の日々を綴る。〈解説〉佐伯彰一
201160-1

な-12-5
波のかたみ 清盛の妻
永井路子
政争と陰謀の渦中に栄華をきわめ、西海に消えた平家一門を、頭領の妻を軸に綴る。公家・乳母制度の側面から捉え直す新平家物語。〈解説〉清原康正
201585-2

各書目の下段の数字はISBNコードです。978-4-12が省略してあります。